講談社文庫

5分後に意外な結末

ベスト・セレクション
黒の巻

桃戸ハル 編・著

講談社

目次
Contents

老婦人の肖像……9
［スケッチ］蠟《ろう》人形館殺人事件……15
天使嫌い……17
［スケッチ］宇宙の監獄《パノプティコン》……29
予知能力……31
［スケッチ］細い道……38
母、帰る……40
［スケッチ］大切な人形……53
素敵なプレゼント……55
［スケッチ］宅配便の謎……61

父の交際相手……63
［スケッチ］愛はお金では買えない……68
偽札……70
［スケッチ］割れた花瓶の謎……79
隕《いん》石《せき》の落下……81
［スケッチ］何もしない夫……86
ペルセウスとメドゥーサ……88
［スケッチ組曲］トロイの伝説……97
好きな人が好きな人……101
［スケッチ］たとえ嵐が吹こうとも……111

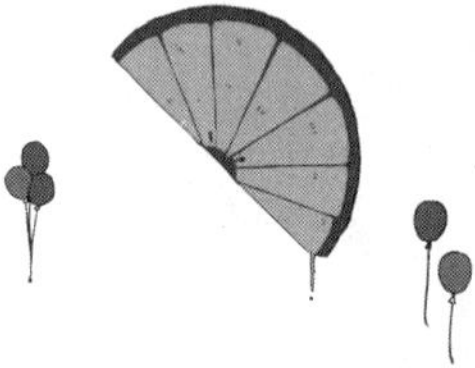

記憶 …… 113
［スケッチ］取り調べ …… 125
犯人の正体 …… 127
［スケッチ］上司の教え …… 140
クリスマスの予定 …… 142
［スケッチ］逃げてしまった夢 …… 154
息子の親友 …… 156
［スケッチ］魔神の願い …… 164
交通事故 …… 166
［スケッチ］採用 …… 172

愛の言葉……174
［スケッチ］長寿の秘訣《ひけつ》……182
ウロボロス……184
［スケッチ組曲］会社の人々……200
無口なアン夫人……205
［スケッチ］最後の愛情……209
ブロンドの恋人……211
［スケッチ］医者の倫理観……224
訴え……226

5分後に意外な結末 ベスト・セレクション 黒の巻

桃戸ハル 編・著

講談社

老婦人の肖像

ある国に、絵描きが住んでいた。特に有名な絵描きではなく、代表作があるわけでもない、どこにでもいる絵描きだった。

ある日のこと。その絵描きのアトリエを、一人の老婦人が訪ねてきた。派手な身なりではなかったが、どこか気高さが感じられる老婦人だった。

その老婦人が言った。

「私の肖像画を描いていただきたいの。お願いできますかしら？」

「もちろんです。さぁ、そこの椅子に座ってください」

老婦人を椅子に座らせて、絵描きは絵筆をにぎった。キャンバスに絵を描きはじめてから一時間、肖像画は完成した。絵描きは言った。

「さて、こんな具合でどうでしょうか？」

絵描きは肖像画を老婦人に見せた。すると、老婦人は優雅に微笑《ほほえ》んで言った。

「美しい肖像画ですわね。でも、私、こういう絵を求めているんじゃないんですの」

「え？」

「この絵の中の私は、どう見ても今の私より、十歳以上は若いですわ。これは、私ではありません」

女性は、たいてい実際よりも自分を若く見せたいと思っているものだ。そんなことを言う女性客ははじめてだ。絵描きがとまどっていると、老婦人は微笑んで言った。

「もっと写実的な肖像画を描いてください。しわの刻まれた、年老いた今の私。絵を見た人が、『私のことを、そのまま描いたんだな』と思うような絵にしてほしいのです」

絵描きは、老婦人の目をじっと見つめた。見つめているうちに気づいた。この老婦人は、自らの老いから目をそらさず、今の姿を後世に残そうとしているのだ。

「奥様、あなたはどうやら、とても尊いお考えの持ち主のようだ。分かりました。私が持っている技術のすべてを駆使して、ありのままのあなたを描きましょう。ただ、一つだけお願いがあります」

「どういうお願いでしょう？」

「これから毎日、このアトリエに通ってください。私は、あなたをもっともっと深く知って、あなたという人間を、絵の中にとじこめたいのです」

「そういたします」

老婦人は言われたとおり、それから毎日、アトリエに通った。絵描きは時間をかけ、しわの一本一本、しみのひとつ一つにいたるまで、丁寧に描きあげていった。

絵描きが肖像画を描く間、老婦人は問わず語りに、さまざまなことを語った。三年前、愛する夫を病気で亡くしたこと、その後しばらく涙にくれたこと。何ごとも包み隠さず、老婦人は正直に明かした。ある時には、こんなことさえ絵描きに告白した。

「恥ずかしいことで申し上げにくいのですが、今、私は、世間様に隠れて、若い男性と暮らしておりますの。その男性を喜ばせるために、亡くなった主人の遺品である宝石をすべて売りはらって、お金に換えてしまいました」

意外な告白だった。目の前の老婦人を見ていると、とてもそんなことをする女性には思えなかった。けれども老婦人の表情を見つめているうちに、絵描きにはその理由が分かってくる気がした。

きっと老婦人は、その若い男を一人前の紳士にしたいと思っているに違いない。世間に悪い噂《うわさ》が立つことも覚悟の上で、若い男のために自分を犠牲にしているのだ。

老婦人のやさしさを感じた。その日、絵描きは、肖像画の中の老婦人の目尻に、やわらかい曲線の、一本のしわを描き入れた。老婦人のやさしさを際立たせるためだ。

それから数日後、絵描きは老婦人から、また別の告白を受けた。

「実は、私と暮らしているその男は、私の財産が目当てですの」

絵描きは老婦人に同情した。なんと悲しい恋なのだろう。それに耐えている老婦人の表情が、絵描きにはこの上なく悲しく、そして美しく思えた。その日、絵描きは肖像画の老婦人の瞳を、奥深い灰色に変えた。老婦人の悲しみを引き立たせるためだ。

それからまた数日後、今度はこんな告白を聞いた。

「実は男には、私のほかに若い女がおりますの」

その日、絵描きは、肖像画の中の老婦人の口元に、微笑みを与えた。男の浮気さえ許してしまえる、老婦人の心の広さを表現するために。

また数日後、こんな告白を受けた。今度の告白は、絵描きを大いに驚かせた。

「実は今、私、その若い男に殺されそうになっておりますの。私を殺して財産を奪おうとしているのですわ。どうやらあの若い女にそそのかされたらしくて」

この時ばかりは、口をはさまずにはいられなかった。絵描きは言った。

「おそろしいことです。私に何かできることはありますか?」

「いいえ。あなたはただ、今の私を描いてくださいい」

老婦人は、死をおそれてはいないようだった。きっと老婦人は、自らの命を男に捧《ささ》げることで、自らの愛を男に教えようとしているのだ。

人間は、ここまで人のために生きることができるのか。絵描きは深く感動し、肖像画の中の老婦人の背景に、黄色い光の筋を描き入れた。その神々しさを描くために。

それから一ヵ月ほどして、肖像画はついに完成した。見事なできばえだった。絵描き自身、ここまで納得のいく絵を描いたことはなかった。老婦人は感激して言った。

「すばらしいですわ。白髪の一本一本まで、本当に丁寧に描きこまれている。絵描きさん、ありがとう。これは、肖像画の代金です。受け取ってください」

老婦人が差し出した封筒には、はじめ約束した代金の三倍もの札束が入れられていた。しかし絵描きは、その封筒を受け取りはしなかった。

「お金はいただけません。この絵を描かせてくれたあなたに、私はお礼を言いたいくらいです。死ぬまでにこんな絵を完成できるなんて、絵描き冥利につきます」

すると老婦人は、けげんな顔をした。

「完成？　いえいえ、それでは困ります。これから仕上げにかかっていただかないと……」

「仕上げ？　私には、これで十分に思えますが、まだ何か？」

「肖像画のなかの私を、宝石で飾っていただきたいの。ダイヤの指輪と、プラチナのティアラ。それに首筋には、純金のネックレスを描きこんでくださるかしら」

絵描きは不思議に思った。が、すぐに思い直した。この方のことだ。こんなことを言いだすのには、何か深い考えがあるに違いない。絵描きは尋ねた。

「わかりました、宝石を描きこみましょう。ただその前に、宝石を描かなければならない理由を教えてくださいませんか？」

すると老婦人は、いつもの優雅な微笑みを口もとにたたえながら言った。

「肖像画に宝石をたくさん描きますでしょ？　私が男に殺されますでしょ？　そのあと、男をそそのかした女がこの絵を見つけますでしょ？　どうなると思います？」

「どうなるのでしょう？」

「この肖像画を見て、ここに描かれた宝石を、女は必死に探します。ありもしない宝石を血眼になって探すのです。そのあせりにあせった表情を思い浮かべるだけで、私はもう、おかしくっておかしくって！」

そう言って老婦人は、高らかに笑った。

（原案　欧米の小咄《こばなし》　翻案　吉田順・桃戸ハル）

［スケッチ］蠟《ろう》人形館殺人事件

古い洋館に招かれた十人の客は、皆、驚いた。

食堂に、自分たちと細部までそっくりな等身大の蠟人形が飾られていたからである。

翌朝、その蠟人形のうち、若い男性のものの首が転がり落ちていた。彼自身は、今、食堂にはいない。嫌な予感がして、皆が彼の部屋に駆けつけてみると、そこには、首が切断された男性の死体——。

それが、毎夜起こる連続殺人事件の幕開けだった。

五日目の晩、一人の招待客が、自分は探偵であると名乗り、そして、一人の女性を指さして言った。

「犯人は、貴女《あなた》だ！」

探偵に、犯人と名指しされた女性の部屋からは、巧妙に隠された凶器のナイフが発見され、また、パソコンのシークレットファイルからは、今回の犯行の計画書が見つかった。

今や、すべての謎が暴かれた。犯人の女性は、身体《からだ》を震わせながら言った。

「なぜ、私が犯人だと気づいたの！　完璧なトリックだったのに!!」

探偵は、やや気まずそうに言った。

「ここにいる皆、貴女が犯人だということに、うすうす気づいていたと思いますよ。あれを見たときからね」

探偵が指さしたのは、犯人を模した蠟人形であった。

「あの蠟人形を作ったのは、犯人でしょう。ほかの全員、寸分違わず、実物とそっくりに作られているのに、あなたの蠟人形だけは……実物よりも、蠟人形のほうが、はるかに若く美しくできている！　貴女は、盛りすぎた。いや自分自身が見えていなかった!!」

天使嫌い

天使は、命の灯が消えそうな人間のもとへ降り立ち、その人間の魂を抱いて、天へと戻ってゆく。

一人の天使が一度に運べる魂の数は多くない。だから、流行病や大きな戦争では、空に何百何千という数の天使が、人間の魂を運ぶために現れる。人間の魂を、正しく天に導き救う——それが、天使の仕事なのだ。

人間は、天使の邪魔をしてはいけない。それは絶対のルールだ。天使に連れ去られる魂が、たとえ愛する家族や恋人、友人だったとしても、私たち人間が、天使を止めることはできない——はずなのだけれど。

天使嫌いの、とある医師は、「翼を切るぞ」と脅しつけ、今日も天使を追い払おうとしていた。

私が看護師として配属されたF地区第四野戦病院は、今日もひどい有り様だった。

戦場で負傷した兵士を収容するこの病院は、すでに二千人を超える患者を抱えている。医師がたった五人しかいない現状では、まともな治療は到底無理だ。私たち看護師と衛生兵は合わせて百人くらいはいるけれど、それでも人手はまったく足りない。病院設備も粗末なもので、急ごしらえの木造病舎には、下水道も整備されておらず汚水の処理もままならない。屋根は雨もりし、床は割れ、壁からすきま風が吹く。

どの病室にもびっしりとベッドが並べられており、手や足を失《な》くした患者が目立つ。戦場で失ったか、傷口から壊疽《えそ》が起きて切断手術を余儀なくされた患者たちだ。他に多いのは、下痢や嘔吐《おうと》の患者たち。劣悪な衛生環境で感染症を起こしてしまうのだ。病院に収容されても助かるわけではなく、病院に収容されることで、むしろ死期が早まっているのではないかと思う。私は、彼らに対して、自分が何もできないことが悔しくてならない。

看護師養成学校を卒業したての私にとって、ここでは、目に映るすべてが地獄そのものだ。目を覆いたくなるけれど、目を覆ったところで、臭いや声から逃れることはできない。むせかえるような血の鉄臭、鼻をつくような排泄《はいせつ》物の異臭、患者たちのうめき声。おびえる自分をしかりつけ、私は今も、夜の巡回を続けている。

夜の巡回は、まだ半人前の私の重要な仕事の一つだ。患者ひとり一人を見て回り、緊急処置の必要な患者がいれば、医師を呼ぶ。死亡している患者がいれば、衛生兵に依頼する。彼らが死亡した患者をどうするかは知りたくない。そして、危篤状態の患者に対しては……そこには、必ず天使が迎えに来ているはずだ。天使に出会ってしまったときは、静かに見て見ぬふりをしなければならない。そして天使が仕事を済ませて飛び去った後、衛生兵を呼んで「依頼」をするのだ。できることなら、天使にだけは、会いたくない。

「うぅ、あぁ ぁ」と、一人の患者が獣のような叫び声をあげていた。右腕を失った患者だった。「痛い、痛い」と身もだえしながら、ベッドから転げ落ちそうになっている。幸い、天使は来ていなかった。私はその患者に歩み寄り、背中をさすりながら声をかけた。

患者は荒い息の下で、苦しげに言った。

「痛い、切り刻まれるみたいだ。手が！　手が!!」

「ここですか？」

私は、患者の左腕をとり、手首をゆっくりさすった。

「違う、左じゃない。右だっ!!」

——右の手首？

私は思わず首を傾《かし》げた。その患者の右肩より先は、……もちろん手首も、すでに存在しないのだ。私がとまどっていると、

「何をしている。早く薬を取ってきてくれ！」

後ろから、厳しい口調で声がかけられた。振り向くと、一人の医師が、燭台《しょくだい》を持って立っている。

その医師は、上背のある、やせた体をまっすぐに伸ばした、年若い医師だ。美しい顔立ちをしているが、目つきが鋭く無愛想な印象だったため、なんとなく避けてしまい、これまで彼と会話をしたことはなかった。夜の巡回は医師の仕事ではないはずだが、彼はなぜここにいるのだろうか。

「薬品庫から鎮静剤のアンプルと、注射器材を。早くしてくれ。それが君の仕事だろう!!」

必要書類に署名をすると、医師は私にそれを荒っぽく渡す。私は書類を受け取ると、大慌てで指示された物を取りに走った。

「ご苦労」

私が戻ると、医師は無愛想にそうつぶやいて、注射の準備をはじめた。薬液が入ったガラスアンプルを折り開け、注射針で吸い取っていく。

「君は看護師なのに、幻肢痛を知らないのか？」

医師は作業の手を進めながら、ちらりと軽く私をにらんだ。

――げんしつう？　そんな言葉、初めて聞いた。私は恐縮して頭を下げた。

「手や足を失った患者に起こる、欠損部位の幻の痛みだ。『ファントム・ペイン』ともいう」

「幻の痛み……ですか？」

注射筒の空気抜きをしながら、医師は私に教えてくれた。

「たとえば足を失くした患者が、すでに存在しないはずの爪先が痛いと訴えたりする。実在しないその部位が、なぜか痛いと感じるんだ」

淡々とそうつぶやいて、医師は患者に鎮静剤を注射した。痛がって暴れるその患者を、私はしっかり押さえてなだめた。やがて薬が効いてきたようで、患者の顔は徐々に和らぎ、まどろみはじめた。

「これでよし」

そうつぶやいて、かすかに表情を緩めた医師の顔を、私は黙って見つめていた。

――ひょっとしたら、優しい人なのかもしれない。

私の視線に気がつくと、医師はまた不機嫌そうに顔をしかめた。

「俺は、こちらの病室を見回っておくから、君は他の病室を回ってくれ。死にそうな患者がいても、絶対にあきらめないで、俺に教えてくれ！」

「わかりました」

私は病室を出て廊下を渡った。左右の壁に数メートルの間隔で取りつけられた燭台の上で、ろうそくの灯が揺れている。暗闇の中を歩きながら、私は少し嬉《うれ》しかった。あんな医師がいることを、心強く感じたのだ。

――私もがんばろう。大きい歩幅で力強く、次の病室に踏み込んだ、そのとき。

私は、出会ってしまった。最も出会いたくない存在――天使に。

「あ……」

さぁ、と血の気が引いていく。とても美しい天使が、表情もなく、そこにいたのだ。

ふぁさ、ふぁさ、と、翼で穏やかに宙をかき、床から一メートルほどの高さに浮いている。とある患者のすぐそばで、天使はその患者を見つめていた。待っているのだ。この患者の死の瞬間を。その患者は土気色の顔をし、ひゅう、ひゅう、と異常な呼吸で横たわっていた。

私がするべきことは何？　あの医師に助けを求めに行くべきなのか。……でも、何かが私の足をすくませた。

天使が迎えにきたのなら、誰も邪魔をしてはいけない。そういうものなのだ。この野戦病院でも、戦場でも、あるいは平和な日常だったとしても……。人が死ぬとき、天使は必ず現れる。医療は患者を救うけれど、それは天使の迎えが来ない患者に限った話だ。天使が来たら、私たち医療に従事する者は、患者を天使に渡さなければならない。

——そういうものなのだ。

やがて天使は、その患者の手をそっと握った。次の瞬間、患者の体からゆるりと光の玉が抜け、天使がそれを両手でそっと包もうとした。私は、唇を噛《か》んでうつむいた。そのとき——

ばたんと扉を強く開いて、あの医師が病室に踏み込んできた。

「俺の患者をかすめとろうだなんて、いい度胸だ！」

それだけではない。私は自分の目を疑うほどの光景を見た。医師が、天使を殴りとばしたのだ。

天使は床に尻もちをつき、ひどく驚いた様子で美貌をこわばらせている。

人間が天使に暴力を振るうなど、とんでもない話だ。そもそも、人間が天使に触れられるとは思わなかった。それは、天使にとっても同様だったのだろう。

「……何をするのですか？」

天使が、ためらいがちにそう言った。天使が声を出せることも、私は今まで知らなかった。

「目障りだ！　とっとと消えろ!!」

医師は窓を開け、天使を窓から追い出そうとした。

「どうして、私の邪魔をするのです？」

「天使が大嫌いだからだ！　なぜお前たちはすぐにあきらめる!!　人間が死ぬのを待っているだけなら、お前たちは、死神と一緒だろう!!」

医師は天使を外に追いやって、勢いよく窓を閉めた。

「これ以上、俺の目の前でうろつくなら、お前の翼を切り落としてやる!!」

窓越しにそう怒鳴りつけると、医師は天使に背を向け、治療をはじめた。

壁も天井もすり抜けて現れるのが天使だ。窓から閉め出されても、簡単に戻ってこられるに違いない。しかし天使は、医師を警戒している様子で窓から中をのぞき込むだけだった。

医師の処置で、患者は奇跡的に息を吹き返した。天使はそれを不思議そうな表情で見つめていたが、そのうち、いなくなってしまった。

医師は一息つくと、私をにらんで顔をしかめた。

「なぜ、俺を呼ばなかったんだ。何かあれば、すぐに呼べと言っただろう」

「だって、天使が……」

「天使なんて、無視すればいい」

「先生、正気ですか!?　天使の邪魔をしてはいけない、なんてことは、絶対的なルールです。看護師養成学校でさえ、そう教えられました。天使が来たら、もうあきらめるしかないんだと。私だって、患者さんの命を救えないのは悔しいです。でも、もう助からないなら、せめて魂が天国に運ばれてほしいと思います！」

医師は、さっき天使に対して見せたのと同じ険しい表情になって言った。

「患者が、そう言ったのか!?」

「え？」

「患者自身が、『自分は死んで天国に行きたい』と言ったのか？　それに、誰が『死ぬ』なんて決めた？　天使が来たら、死ぬのか？　なら、なおさら、奴《やつ》らを追い返さなくてはいけないだろう」

「『誰が決めた』って、そんなの、みんなが知っていることじゃないですか!?」

私も興奮して言い返した。

「みんなが言っているとかは関係ない。君がどう思うかだ。患者を治している最中に、横から命を奪われても、悔しくないのか？　理不尽なことには、きちんと立ち向かえ!!」

そう言われても、簡単にはうなずけなかった。

「すまん、言いすぎた。君だって悔しいんだったな」

そう言って黙り込んだ医師に、私はおそるおそる聞いた。

「先生は、どうしてそこまで天使が嫌いなんですか？」

「君は、嫌いじゃないのか」

「嫌いというか……天使は、『運命』ってことですよね。私たち人間が逆らえる存在ではないでしょう？」

「俺は嫌いだね。あいつらは、自分たちの存在に疑問を持っていない。それこそ、自分たちが運命を司《つかさど》っていると、考えていやがる」

「そうじゃないんですか？」

「違うね。運命は、その人間のものだ」

医師は、はっきりと言い切った。

「天使だって本当は、自分の頭で考えることもできるし、感情も持っているんだ。なのに、いつでも澄まし顔で、事務的に人間から魂を抜いて運ぶだけ。それが『救い』だなんて、笑わせる。本当に救うつもりなら、まずは、どうすれば生かせるのかを考えるのが筋だろう？　どうして、そう考える天使がいないんだ？」

そう言いながら、医師は、テキパキと患者に処置をほどこしている。

そのとき——

「…………っ」

医師の顔が、不意に歪《ゆが》んだ。そして、体を丸めてうずくまり、ベッドの縁にすがりつく。

「先生!?　どうしたんですか？」

医師は、激痛に身をよじる患者と、同じ表情をしていた。

「どこか痛むんですか？」

「心配するな。ただの幻肢痛だ」

——幻肢痛？　医師の身体に、欠損しているところなど、ないように見える。

痛みに震える患者にするのと同じように、私は医師の背をさすった。そして——異様な感触に気がついた。左右の肩のうしろ——肩胛骨《けんこうこつ》のあたりに一つずつ、骨のように固いコブが突き立っている。

「一応、言っておくが……」

私が顔を凍らせていると、医師が、親指で自分の背後を指さし、力ない声で、しかし、誇らしげな表情で言った。

「俺は、誰かにやられてこうなったわけじゃない。自分で、切り落としたんだ。人を救うことができない翼なんか、あっても邪魔なだけだからな」


（作　越智屋ノマ）

［スケッチ］宇宙の監獄《パノプティコン》

その惑星は、罪を犯した犯罪者を更生させる矯正施設の役割をもっていた。

囚人たちは、その惑星で自由に暮らせるのだが、実は、常に高性能の衛星カメラで監視されている。どんなに小さなことでも、その監獄星内で罪を犯せば、人工衛星からの攻撃を受け、死に至ることも珍しくなかった。

囚人たちは、「監視されている」という意識から、罪を犯すことがなくなり、矯正されるのである。

あるとき、囚人たちを送りこんでいた母星内で戦争が起こった。

最終兵器が使用され、その星は宇宙から消滅した。取り残された監獄星の、高度な機器は機能停止し、囚人たちは、原始的な生活を余儀なくされた。

それから数十万年——

当然ながら、かつての監視体制は麻痺《まひ》している。原始生活を送っていた人々の子孫たちは、その監獄星で、新しい独自の文明を築き始めた。

「おい、リョウタ。駄菓子屋のおばあさん、また、うたた寝してるぜ。誰も見ていないから、おかし取っちゃおうぜ」

「ダメだよ。神様が見てるよ」

「神様って、何だよ。神様なんて、どこにいるんだよ。何で神様が、俺たちを見張ってるんだよ!?」

「神様は、僕たちが悪いことをしたら罰を与えるために、僕たちをずっと見ているんだ。わからないけど、そんな気がするんだ」

予知能力

男は、華のない人生を歩んでいた。

地元の公立高校から、中堅の私立大学に進学し、卒業後は小さなメーカーに就職。お見合いで結婚したが、お互いに愛情がないことがわかり、三年で離婚。いまは一人。もう結婚する気はない。

仕事ぶりもいたって普通。営業の成績はそこそこで、特に悩みという悩みはない。プライベートでのささやかな楽しみは、パチンコと競馬である。

ある日、パチンコで負けた帰り、男は公園のベンチでうたた寝をしていた。すると、急に雲行きが怪しくなり、あっという間に空は分厚い黒い雲に覆われ、雷が激しくとどろいた。

男は眠い目をこすりながら、立ち上がろうとした。すると、目の前に大きな人影が立ちはだかった。

「なんでも好きな願いを一つかなえよう」

低い声が言った。見ると、フードのついた黒々としたマントを頭からかぶり、長い杖《つえ》をついた大男がこちらを見下ろしている。あまりの非現実的な姿に、男はまだ夢を見ているのかと疑った。

「……なんだ、あんた？」

現実であることを確認するように男は質問する。

「私は魔法使いだ。なんの夢も希望もないお主のために現れた。なんでも好きな願いを一つかなえてやろう」

「魔法使いだと!?　芝居の練習か何かか？」

男は後悔した。——あぁ、これは、かかわらないほうがいい人間だ。そんな男の後悔を無視するように、大男は続けた。

「まぁ、信じられないのも無理なかろう。……では、一つ試しに願いを言ってみるがよい」

大男が自信ありげに笑った。

「ハッ、面白い。なら、現金で百万円を出してみろ」

「そんなことは、お安い御用だ」

そう言うと、魔法使いは、指を軽くパチンと鳴らした。すると、男の頭上から、バサバサと大量の紙が降ってきた。

「さあ、試しは終わりだ。願いを言うがよい」

一枚を拾って、じっくりと見てみる。間違いない。本物の一万円札だ。枚数を数えてはいないが、百枚あるのだろう。息をのんで、魔法使いの姿を改めてまじまじと見つめた。

「あ、あんた、本当に魔法使いなのか……。こんなことがあるなんて……。夢ならさめないでくれ……」

男の小さなつぶやきを聞き、魔法使いは、ふっふっ、と口元をゆるませた。

「じゃあ、好きな願いごとをかなえてくれるんだよな。そうだな……」

男は、あれやこれや悩んだが、決断した。ギャンブルで勝つための能力がほしい。それさえあれば、お金も手に入る。お金が手に入れば、ほぼ何でもできる。

「よし、俺は予知能力がほしい」

男がそう言うと、魔法使いは、

「お前の願いは聞き届けられた」

と言うと、どこへともなく姿を消した。

「おい！　待てよ！」

するると、空を覆っていた雲がさっとひいて、隠れていた太陽が顔をのぞかせた。男の足元には一万円札がまだ散らかっている。しかし、そんなはした金、拾う気にもならなかった。予知能力さえあれば、お金なんていくらでも手に入るからだ。

男は足元のお金を蹴飛ばすと、ニヤリと笑った。

翌日、男は会社を休んで朝から競馬場に出かけた。

さっそく、いくつかの競馬新聞を買い込んでデータをチェックし、レースの展開を予想した。

不思議なことに、新聞を見ているうちに各レースの展開をはっきりと見通すことができた。頭の中に、はっきりと馬の着順が浮かんでくるのだ。

「1レースは、大きく3番が逃げるが、鼻差で5番が勝つ。2レースは、1番の逃げ切り。3レースは、ゴール前の混戦を制して6番がクビ差で勝つ……。全部、見えるぞ！」

新聞を持つ手がふるえた。

しかし、これが本当に予知能力なのかはわからない。ただの勘違いかもしれない。

男は試しに、まず1レースの馬券だけを買って、結果を見ることにした。

結果、レースははじめから男の予想通りの展開となった。3番の馬が大きく飛び出し、後続をぐんぐん引き離していく。そのまま行くかと思われたが、最後の直線になって、5番の馬が信じられないような追い上げを見せた。

「まさか……」

そして、ゴール直前で5番が3番をかわし、一着に。二着は3番だった……。

男はひとり、小躍りして喜んだ。レースに勝ったことに喜んだのではない。能力が本物だったことに喜んだのだ。

それから男は、自分の予知能力を信じ、予想した通りに馬券を買っていった。そして、そのすべてがことごとく的中した。

その日の最終レースで、男は高倍率の大穴馬券を予想した。

「これが勝ったら、大金が手に入る……」

すると、そのレースも男の予想が的中。結局、その日だけで合計数千万円ものお金を手にした。

「……まるで夢のようだ。この調子なら、もう働く必要もないぞ」

それからの男は、さまざまなギャンブルや株で、大金を稼いだ。

稼いだお金で高級マンションと高級外車を購入し、ぜいたくに遊び暮らした。その暮らしぶりに、人々が群がり、権力も手にするようになった。男は、それまでの平凡な生活とはうって変わって、幸福の絶頂にいた。

あるとき、魔法使いが言った。

「……そう言えば、あの男はどうなっているかな？　公園で出会った、あの男だよ」

すると弟子は、

「ご覧になりますか？」

と、大きな水晶玉に男の姿を映し出した。男は病院のベッドで笑みを浮かべながらぐっすり眠っている。

「公園で眠ったままの姿で発見され、意識が戻らず、病院に収容されたようですね。よく眠っておりますよ。ずいぶんと幸せそうな顔で……」

魔法使いは、水晶玉をのぞきこむと、

「それは、そうだろう。夢なのだから……」

と言って、弟子の顔を見た。

弟子は、少しあきれたような表情で魔法使いを見て言った。

「相変わらず、師匠は意地の悪いことをなさいますね」

「おいおい、人聞きの悪いことを言うでない。私は『夢ならさめないでくれ』という、あの男の願いをかなえてやっただけなんだから」

そして、魔法使いと弟子は、あざけるように笑い続けた。

（作　桃戸ハル）

［スケッチ］細い道

あなたは、うす暗い闇の中に立っています。

おぼろげながら見える道は直線で、あなたの身体程度の幅しかなく、その道は、高いところにあるようにも感じます。

時折、いくつかの道がまじわり、あなたは進む方向を選ぶことができます。

つまり、建築中の高層ビルの、むきだしの鉄骨の上をあなたは歩いているとイメージしてもらえればよいかもしれません。

あなたがゆっくりと進んでいると、一人の男が、その鉄骨の上に座り込んでいます。それはまるで、あなたが進むのを邪魔しているようにも見えます。

「で、その鉄骨と俺に、何の関係があるの？」

歩道に大きなスーツケースを置いた男は、不満げにそう言った。

紳士は、やわらかい口調で男に言った。

「鉄骨とキミの間には、何の関係もないさ。でも、ちょっとだけ想像してほしいんだ。向こうから歩いてくる、白い杖をついたあの人にとって、点字ブロックの上に大きな荷物を置いているキミは、さっきの話の中の、鉄骨の上に座り込む男に思えるんじゃないかってね」

母、帰る

父が病気で世を去り、そのあと母が若い男と出ていって、もう一年以上が経《た》つ。大人がいない家のことは、すべて長男が引き受けていた。高校を卒業したばかりの彼には、年歳《とし》の離れた弟と妹がいた。上の妹は十二歳で、弟は九歳、末の妹は七歳だから、みんなまだ母親の必要な年歳である。

しかし、そんな子どもたちを捨てて、恋に浮かれる母親は出ていってしまった。長男は、母親を憎く思った。同時に、母親が「若い恋人」と「自分たち兄妹《きょうだい》」を天秤《てんびん》にかけて、「若い恋人」をとったことを寂しく、みじめにも思った。

それでも、彼には、守らなければならない弟妹たちがいた。進学をあきらめ、懸命に仕事をして、少ないお金でなんとか家計のやりくりをした。親戚が援助してはくれたが、親戚の家に身を寄せることだけはしなかった。母親がいなくても、四人の兄妹だけで生きていける……。自分たちを捨てて出ていった母親への、せめてもの当てつけだったのかもしれない。

そうやって、兄妹四人で結びあってきた「家族」という輪に、雪が降ったある日、ひずみが生まれた。

家庭を顧みず、若い恋人と駆け落ち同然で出ていった母親が、ふらりと帰ってきたのである。

「久しぶりね。みんな、元気だった？」

「なにしに来たんだ」

長男の声は、その日の朝に軒下から垂れ下がったつららよりも冷たく、とがっていた。しかし、母親はそれを笑顔でいなし、玄関で靴を脱いだ。

「『なにしに来た』だなんて、冷たいこと言わないでよ。わたしは、あなたたちの母親なんだから」

その言葉に、長男は、ため息さえつくことができなかった。「母親」が聞いてあきれる。本当は、あの男に捨てられて、行くあてもないから戻ってきたんじゃないのか。まさか、このままここでまた暮らすなんて言うつもりだろうか。

しかし、長男のそんな思いを、母親の笑顔が否定した。

「最近、急に冷え込んできたから、あなたたちの様子が気になってね。あの人に許可をもらって、戻ってきたのよ。少しくらい、いいでしょ？　少ししたら、帰るから」

「許可」という言葉が出てくる時点で、母親が言う「あの人」は、自分たちより重い存在なのだ。大人たちに交じって社会で働き始めた長男には、それがたやすく理解できてしまった。

それに、「少ししたら帰るから」と、母親は言った。「この家に帰ってきた」のではなく、「この家から帰る」と。母親の帰る場所は、この家ではないのだ、と。

母親の中にある天秤は、今も、自分たちには傾いていないのだと、長男は突きつけられてしまった。自分たち兄妹は母親の心の大事なところに置かれる存在ではないのだ。

「出ていけ！」と、すぐにでも叫びたかった。こちらももう、母親を心の大事なところに置いておく必要はないのだ。彼には、一番に考えなければならないものがあるのだから。

「ここはもう、あんたの家じゃないんだ」と、長男は拳をにぎりしめて、母親を追い出そうとした。しかし、それを幼い三人の弟妹たちが止めた。

「やめて、お兄ちゃん。お母さん、かわいそうだよ」

「そうだよ。おそと、ユキでまっしろだよ」

「おかあさんのこと、ゆるしてあげて、おにいちゃん」

十二歳の妹と、九歳の弟と、七歳の妹にそでをつかまれた長男は、その小さな手を振り払えるほど冷酷になることができなかった。母親のことは許せなくても、長男にとって妹と弟は、かけがえのない宝だ。

母親が帰ってきたことで、弟妹たちは笑顔になった。「母親のおかげ」というのが悔しいところだったが、笑ってくれるならそれが一番いい、と長男は思っている。かわいい弟妹たちのために、彼は、ぐっとこらえて母親を奥の部屋に通した。

その夜、母親は兄妹たちに鍋を作った。記憶に残っていた母親の味に、弟妹は大喜びした。長男も、一口食べた瞬間に母親の味を思い出したが、妹たちのように「おいしい」とは言わなかった。

たしかに、自分が妹たちに作ってやる料理に比べたら、何倍もおいしいと思う。しかしそれを言葉にして認めてしまえば、これまで、親のいない家庭で懸命に守ってきたものが、音を立てて崩れてしまうような気が、彼はしていたのである。

下の弟妹二人は、自分の器が空になると、母親に「とって！　とって！」とせがんだ。長男がとってやろうと手を伸ばすと、妹は器をサッとひっこめた。

「おかあさんに、とってもらうの！」

七歳の妹の無邪気さが、長男の胸をえぐった。

「にんじんは入れないでー」

「ぼく、つみれ食べたい」

「はいはい、わかったから。順番ね、順番」

右から妹に袖を引かれ、左から弟に腕をつつかれ、母親は苦笑まじりに鍋から具をよそう。その光景を目の前に、長男はひたすら箸をにぎりしめていた。

「よそってあげようか？」

そのとき、母親がおたまを持ったまま、もう一方の手を差し出した。差し出された十二歳の妹が、口に運んだばかりだった野菜をごくりと飲み込む。

「あ、え……。でも、まだ入ってるし、あとでお兄ちゃんによそってもらうから、いいです」

その言葉に、母親は「そう」とかすかに笑って、あっさり、おたまを置いた。食べ始めようとした矢先、下の妹が箸先からシイタケを、ひざの上に落としてしまう。

母親に「しょうがないわねぇ」と言われながら嬉しそうに笑う妹……。ほっぺたにつけたつみれのカケラを、母親にとってもらって、くすぐったそうにする弟……。

「お兄ちゃん」

妹に呼ばれて、長男ははっとした。もう少しで、手の中の箸が折れそうだった。

「最後、おうどんにする？　お兄ちゃん、雑炊より、おうどんのほうが好きだよね」

「あ、あぁ」

長男が無意識にうなずいたのを見て、十二歳の妹が台所へうどんを取りに立つ。その足音を聞いて、ようやく、気をつかわれたのだと長男は思い至った。妹は雑炊のほうが好きなのに、うどんを選んだことも、母親がおたまを持って差し出した手を、「あとでお兄ちゃんによそってもらうから」と言って断ったことも、すべて妹が自分に気をつかってのことだとわかった。

「空気を読む」とか「遠慮する」とかということが、十二歳の女の子にもできてしまう。それはいいことなのかもしれなかったが、年歳の離れた妹に自分がそうさせてしまったことが格好悪くて情けなくて、長男は、器に残っていたくたくたの白菜を、無言で口の中にかきこんだ。

鍋がすっかり空になると、下の二人はすぐにうとうとし始めた。温かい鍋に胃袋を満たされれば、無理もない。母親は「しかたないわねぇ」と口もとをゆるめ、手際よく子どもたちを寝間着に着替えさせると、布団に運んだ。

ふだん、しっかり者で家事も手伝ってくれる弟と妹が、このときばかりは母親に甘えていた。当然のことだと頭では理解していても、長男はずっと、唇をかんでいた。

下の二人が眠ったのを見て、そばに寄り添っていた母親は起き上がった。そのまま家を出ていこうとしたのか、上着を手にした母親を見て、長男はほっと胸をなで下ろしたのだがそこに、まだ起きていた上の妹が、すがりついた。それは、今まで兄にも弟妹にも母にも気をつかっていたぶん、張り裂けそうな声だった。

「行かないで、お母さん！　もう、あたしたちのこと、置いてかないでよ……」

涙の浮かぶ瞳に見つめられ、困り果てたかのように、母親がちらりと長男を盗み見る。白々しい、と長男は思ったが、それでも出ていけと言うことは、彼にはできなかった。母親のことより、妹のことを思えば、言えるはずもなかった。

「一晩だけ……今夜だけなら、泊まっていけばいい」

ぶすっとした表情のまま長男が言うと、母親は、また口もとに笑みを浮かべて、娘の頭をなでた。

「よかったね。お兄ちゃんが許してくれたよ」と、そう言って妹をなでる手は優しく見えるのに、どうしてあの日、同じ手で我が子たちを突き放せたのだろうと、今さら思ってもしかたのないことを長男は思った。

　長男は渋々、居間の畳に布団を敷いた。その布団は、かつてこの家で母親が使っていたものだ。母親が出ていったあとも親戚が様子を見にきたついでに泊まっていくことがあったので、そのままにしていたのである。まさか、これをふたたび母親が使うことになろうとは。

　複雑な思いをめぐらせながら長男が用意した布団を見て、母親は「あらあら」と目を丸くした。

「あなたも、すっかり大人になったのね」

　誰のせいで、と怒鳴りそうになったのを、長男は必死でこらえた。隣の部屋では、幼い弟妹たちが眠ったばかりだ。不穏な声で起こしてしまうのは忍びない。

「明日になったら、出ていってもらうから」

　せめてもの抵抗に、いつもより強く、ふすまを閉めた。そのまま自室に戻った彼は、いろいろなものを恨みながら布団にもぐり込んだ。冬の夜にひたされたせいか、たっぷりと詰め込まれた綿の奥まで布団は冷えきっていた。

　翌朝、長男は、末の妹の悲鳴にも近い声で叩《たた》き起《お》こされた。何事かと部屋を飛び出すと、居間でわんわん妹が泣いている。どうした、と、尋ねる前にわかった。

居間に敷いた母親の布団に、眠っていた当人の姿がなかったのだ。

「おかあさんが、いないー!」

「ぼくたちのこと、もうおいてかないでよぉ……」

妹の泣き声に引きずられて、弟もめそめそし、うなだれている。上の妹は声を上げも泣きもしなかったが、握りしめた拳が赤を通り越して白くなっているのを見て、長男は胸にきしみを覚えた。

——あの人は、なんで今になっても。

「あっ、おにいちゃん!」

聞こえたのが妹の声だったのか、弟の声だったのか、判然としないままに長男は家を飛び出していた。

一昨日降った雪が、まだ薄白く道を染めている。しかし、それはたくさんの足に踏まれて、特定の誰かの足跡をたどることなど、とうていできるはずもない。あてずっぽうで、長男は駆けた。駆けるたびに口からもれる吐息が、即座に空中で白く凍ってゆく。

「自分の母親なら、こっちに行くだろう」という勘も働かないことが、運命なのかもしれない。そう思いながら、それでも、長男は走った。妹たちの顔を思えば、走るしかなかった。

しかし、空へ昇る前に吐息を凍らせてしまう寒さは、外套《がいとう》を羽織ってこなかった彼の体をも容赦なく冷やした。いつしか手足の感覚が消え、冷えきった頬がぼうぼうと不自然な熱を帯びている。

このままでは、体を壊してしまう。万が一、自分が倒れるようなことがあれば、幼い弟妹たちはどうなってしまうのか。それを思うと、無茶はできなかった。今もきっと、どうしていいかわからずにいるに違いない。木陰に残された季節はずれのセミの抜け殻のように、母親が残していった布団のそばで。

長男は、家への道を駆け戻った。凍えた手足に無理やり力をねじ込んで、泥のまじったみぞれに靴が汚れるのも気にせず、家への道を駆け続けた。帰らなければならない。自分にとって大事なぬくもりの残る、あの家へ――

「あ、おにいちゃん！」

道の先から、よく知った声が彼を呼んだ。二人の妹と弟が、ただひとりの兄を追って家から出てきたのだった。雪の名残で白くかすむ早朝、それぞれに赤と濃緑と黒の上着を着た弟妹の姿は、長男の目にも入っていたはずである。

しかし、彼が足を止めることはなかった。

走る速度をゆるめるそぶりも、弟妹に視線を向ける気配もないまま、そればかりか三人に泥が跳ねるのにも気づかない必死の形相で、長男は我が家に戻ることばかりに意識を注いでいたのである。

こちらの声に気づいて立ち止まるものとばかり思っていた三人の弟妹たちは、兄のただ事ではない様子に、とまどった。「おにいちゃん」と呼んだあと、続けて声をかけることもできないまま、呆然《ぼうぜん》と、その場で兄の背中を見送ったのである。

一方、靴を脱ぎ散らかして家に戻った長男は、荒々しい手つきで居間への戸を開けた。そこには、母親の抜け殻のような布団がまだ残されている。弟妹たちには、高さのある押し入れに布団を片づけることができなかったのだろう。片づけるという発想自体が、なかったのかもしれない。いずれにせよ、長男にとってそれは幸運なことだった。

長男は、凍えた両手を迷うことなく、布団の中につっ込んだ。そこにはまだ、眠っていた母親のぬくもりが残っているような気がした。

母親の体温を感じてしまった瞬間、長男は、全身から力が抜けたかのように、そこから動くことができなくなった。とたんに、まぶたを乗り越えて雫《しずく》があふれ出そうになる。

「かあさん……！」

嗚咽《おえつ》を吐くように、彼は、そうつぶやいていた。

母親がいなくても、兄妹四人で生きていける――。ことあるごとにそう胸を張ってきたのは、母親への当てつけのつもりだった。しかし、そうではない。そう思わなければ……、そう自分に言い聞かせなければ、母親がいない毎日を前に心が折れそうになるからだ。

子どもを捨てた母親なんて、自分の心の大事なところに置いておくだけ無駄だ――そう思い込まなければ、「自分が、母親の心の大事なところにもういない」という事実に、負けそうになってしまう。

母親の作る鍋の味を「おいしい」と思っていても、その言葉を口にすれば最後の糸が切れてしまいそうで、何も言うことができなかった。

帰ってきた母親に甘えて眠る弟妹たちを前に、唇をかみしめていなければ、弱い本音がこぼれてしまうに違いなかったから。

泊まることを許した。布団を敷いた。弟妹たちが「どうしても」と言うから、というのを言い訳にして、本当は、弟妹たちが母を懐かしんでグズってくれたことにほっとした。

居間に母親の姿がないとわかったとき、ベソをかく弟妹を置いて飛び出したのだって、弟妹たちのためではなかった。

あの人は、なんでまだ、自分の心の大事なところから消えないいんだろう。

「かあさんっ！」

母親の体温が残る布団に顔をうずめ、母親のにおいを懐かしむように、長男はただただ声を殺して泣いた。

（原案　菊池寛・田山花袋　翻案　桃戸ハル・橘つばさ）

［スケッチ］大切な人形

五歳の誕生日に、両親からプレゼントされたのは、可愛《かわい》いドレスを着た、女の子の人形だった。

母は笑顔でわたしに言った。

「妹だと思って、この人形を大事にしてね！」

わたしは、その人形が気に入って、いつも、その人形と遊んだ。ただ、力の加減のわからない子どもだったから、人形の身体の一部が傷んだり、ドレスがほつれたりすることはしょっちゅうで、そのたびに母に修繕してもらっていた。

母は、少し怒りながらも、人形を直してくれた。

ある日、人形を乱暴に振り回したせいで、人形の首の部分がとれてしまった。

わたしは、泣きながら母に、人形を直してくれるよう、お願いした。

一時間後、庭で何かをしていた母が、わたしを呼んだ。落ち葉を集めて、たき火をしていたようだ。

母が、手に持った箱をわたしに渡し、悲しそうに言った。

「お人形さんに、お別れを言いなさい」

箱を開けてみると、そこには、まだ首がとれたままの人形が収められていた。

意味がわからず呆然としていると、母が、奪うようにして、わたしから箱をとり、そのまま、たき火の中に箱を入れ、燃やしてしまった。

わたしは、突然のことにわけがわからず、泣きながら母に抗議した。

母は言った。

「妹だと思って大事にしなさいって言ったわよね。腕や足が、少し傷ついても、人間は死なないけど、首がとれてしまったら、人間は死んでしまうの。これは、お人形さんのお葬式よ」

素敵なプレゼント

エレーナとアレクセイは、結婚して三年目の夫婦だ。

二人はこれまで大きなケンカをすることもなく、結婚生活はうまくいっていた。

アレクセイはまじめで優しく、頭がいい。大学で科学の研究をしている。

読書が趣味で、いろんなことを知っている。エレーナがわからないことをたずねると、たいていすぐに答えてくれる。

それに、アレクセイは、お金の無駄使いをしない。酒もたばこも、ましてやギャンブルもやらない。ふだんお金を使うのは、昼食代のほかは、本を買うときぐらいだ。

おっとりした性格のエレーナは、夫を頼りにしていた。そして愛していた。

しかし、夫に対して不満を感じることもあった。

夫は、よく言えば「まじめで優しい」が、別の見方をすれば「堅物」なのだ。もう少しロマンチックだったり、気前がよかったりしてもいいんじゃないかと思うことがある。いつもは、もの静かでもいい。でも、時には情熱的であってほしい……。

独身時代のデートも、公園を散歩するばかりで、おしゃれな高級レストランなんて連れて行ってもらったことはない。

それでも、誕生日やクリスマスには、プレゼントをくれる。

アレクセイがエレーナに贈ってくれるのは、いつも本だった。

最初は、名作と呼ばれる長編小説のような分厚い本をプレゼントしてくれた。しかし、エレーナが読み切ったためしがないからか、絵本や画集が贈られるようになり、最近は料理や健康法などの実用書をプレゼントされるようになった。

その気持ちはうれしい。でも本音をいうと、たまにはアクセサリーのような華やかなプレゼントをしてくれたら、もっとうれしい。

彼がプレゼントしてくれたアクセサリーは、結婚指輪だけだった。


クリスマスが近づいたころの、ある日曜日。二人はデパートに買い物にでかけた。目あての売り場に行く途中、宝石店の前でエレーナは立ち止まった。

ガラスケースの中に飾られていたのはネックレス。プラチナのチェーンに、ダイヤモンドのペンダントトップがキラキラと輝いていた。

「わあ、きれい……」

値札を見てみる。気軽に買える額ではない。でも、堅実な収入があり、無駄使いをしないアレクセイにとって、まったく手が届かないというわけではないはずだ。ねだってみようかと横を見ると、アレクセイはすでに一人で先に進んでいた。

「ねぇ待って。これを見てよ。素敵ね」

アレクセイは戻ってきて、ネックレスを見た。

「ああ、そうだね」

と言ってほほえんだが、すぐに前を向いて歩きだした。

次の日、エレーナは友人のリーザとカフェでおしゃべりしていた。

リーザは指に大きなエメラルドのついた指輪をはめていた。彼女の夫からのプレゼントだという。そして、こんないきさつを話してくれた。

「この前、私と夫が大統領のパーティによばれる……という夢を見たの。私はドレスを着て、エメラルドの指輪をつけていたわ。そしたら次の日、夫と街を歩いていると、宝石店のショーウィンドーに夢とそっくりな指輪が飾ってあるのを見つけたの。私は夫に夢の話をして、こう言ったわ。『運命を感じるわ。あの夢、どういう意味なのかしら。この指輪をつければ、あなたは大統領のパーティによばれるくらい、出世するかもしれないわよ』って。そしたら彼、買ってくれたの！　『これは、幸運の指輪かもね』なんて言ってね」

「わあ、すごい！　そういうの正夢っていうのかしら？」

エレーナが感動していると、リーザは小さく舌を出し、いたずらっぽく笑った。

「その夢の話、嘘《うそ》よ。じつは、前からこの指輪に目をつけてたの。でも、ふつうにねだっても買ってくれそうにないから、ちょっとだけ嘘をついたの。罪のない嘘でしょ」

エレーナは、よくそんなこと思いつくものだと感心した。そして、だまされたとはいえ、気前よく指輪を買ってくれる夫をもつリーザが、うらやましくなった。

そして次の瞬間、ひらめいた。

クリスマスのイヴの朝。

朝食を食べながらエレーナはこう切り出した。

「あのね、昨夜こんな夢を見たの。なんと、あなたがノーベル賞を取って、その祝賀パーティに出席しているの。もちろん私も一緒よ。そこで私はドレスを着て、首にはきれいなネックレスをしているの。ほら、デパートで見た、あのネックレスよ。すごくリアルな夢だったわ。あの夢、どういう意味なのかしら」

話を聞き終えたアレクセイは、じっとエレーナの目を見た。

「夢の意味を知りたいのかい？」

「え、ええ」

夫は微笑み、「今晩あたりわかるかもね」と言った。


夫を送りだすと、エレーナは部屋を飾りごちそうを用意して、帰りを待った。

アレクセイの帰りはいつもより遅かった。夫の帰りが予定より遅くなることなんて、めったにないことだった。だけどエレーナは、不安になったりしなかった。むしろ期待で胸がいっぱいになった。きっと彼は、プレゼントを買いに行っているに違いないからだ。

夫がほほえむ顔を思い出すと、エレーナの顔も自然にゆるむのだった。

やがて玄関のチャイムが鳴った。

「お帰りなさい！」

エレーナが満面の笑みで出迎えると、夫は申し訳なさそうに言った。

「ごめん、遅くなって。ちょっと寄るところがあったから」

そう言ってバッグからリボンのついた包みを取り出し、はにかんだ笑みを浮かべてエレーナに差し出した。

「メリークリスマス！」

「えっ!?」

エレーナの胸の鼓動は高鳴った。

「気に入ってくれるといいんだけど……」

「あなたがくれるものなら、どんなものでもうれしいわ」

そうは言ったが、頭に浮かんでいるものは一つだ。

エレーナは、はやる気持ちをおさえ、そっとリボンをほどいた。包みのなかから、プラチナチェーンのダイヤモンドのネックレスが……出てはこなかった。

包みのなかから出てきたのは一冊の本だった。本の表紙には、大きく『夢占い』というタイトルが記されている。

「店員に聞いてみたら、それが一番よくあたるんだって。きっと、君が昨日の夜に見た夢の意味もわかるよ」


（原案　欧米の小咄　翻案　桑畑絹子・桃戸ハル）

［スケッチ］宅配便の謎

ある日、娘から宅配便が届いた。

中に入っていたのは、ちょっとしたお菓子で、そんなものを送ってくる理由がわからなかった。

そしてそれから、毎日宅配便が届くようになった。

差し出し人は娘だけではなく、息子であったり、息子の嫁であったり、孫であったりとさまざまで、送られてくるものも、たわいのないものばかりで特に関連性はない。

妻に先立たれた私は、子ども達《たち》の世話にならず、一人で暮らしている。子ども達が遺産を狙って、何かを企《たくら》んでいるのではないか、とも考えた。

とにかく、何かの意図があるに違いない。私は、差し出し人の一人でもある孫に電話して、真相を探ることにした。

「タケ坊、いつも宅配便を送ってもらって悪いなぁ。爺《じい》ちゃんのわがままでお願いしてるけど、タケ坊、めんどくさいだろ?」

孫は、少し意外そうな声で、逆に聞き返してきた。

「あれ、じいちゃんのお願いだったの? てっきり、ママのアイデアだと思ってた」

やはり子どもだ。あっさりと誘導尋問にひっかかった。

「じいちゃん、この間、骨折して入院したろ? 入院してずっと寝たきりだと、起き上がれなくなることがあるって、ママが言ってた。宅配便だと、受け取りで玄関まで歩くし、ちゃんと相手に手渡せたかが、配達番号から追えるから、じいちゃんが倒れたりしてないかわかるんだって」

子どもだと思っていた孫が、すべてを見透かしたように言った。

「じいちゃん、意地を張らないで一緒に暮らそうよ。せめて、スマホくらいは持ってよ。僕が教えてあげるから」

父の交際相手

仕事から家に帰り、玄関のドアを開けると、美味《おい》しそうな匂いがした。それは、久しぶりに感じた家庭の香りだった。その香りに誘われるようにダイニングに行くと、父親がすでに、ご馳走《ちそう》を前に、晩酌をしていた。キッチンに目をやると、長い髪の女性がテキパキと料理を作っている。女性は、俺がいることに気づくと振り返り、感じのよい会釈をした。キレイな女性だった。

――そういうことか。

母が亡くなって六年が経つ。父親に交際相手がいても不思議ではないし、再婚をするなら勝手にすればよい。その相手が俺と同じくらいの年齢の若い女性だったとしても、俺がとやかく言うことではない。

ただ、俺に見せつけるような方法で既成事実にするような真似《まね》は、やめてもらいたい。家に呼ぶなら呼ぶで、事前にひと言くらいことわるのが礼儀だろう。そう思ったが、母が死んでからは、同じ屋根の下にいながら、まともに会話などしてこなかったので、父親にはこういう方法しか思いつかなかったのだろう。

俺にとって彼は、お世辞にもよい父親ではなかった。仕事人間で、家庭をかえりみない男だったからだ。俺も、今は社会人なので、仕事で家に帰れない事情や状況は理解できる。

しかし、病気で苦しみながら亡くなった母に対して、いたわる様子すら見せなかった父親を、どうしても許せなかった。

病院のベッドで寝ている母に、「どうして父さんは病院に来ないんだ」と嘆くと、母は俺の手を握り、小さな声で言った。

「お父さんは、今とっても大事な時期なの。それに、お母さんは大丈夫よ。だから、ハジメもお父さんのこと悪く思わないで。二人がケンカするほうが、お母さんにはつらい」

その時の、やせ細った母の姿は、今でも俺の脳裏に焼きついている。

「ハジメ、お前も座れ。こんなに沢山ご馳走を作ってもらったんだ」

父親にそう言われて、俺は返事もせずにイスに座った。父親は、豪快に酒をあおりながら、美味しそうに料理を食べている。

「ゆきこさんの料理、どれも美味しいです。そうだ、食事のあと、腕時計のコレクションをお見せしましょう」

父は、台所で料理する女性に声をかけた。

――「ゆきこ」という名前なのか。

「由利子」という名だった母と、名前が似ている。すると、女性は、控えめに、「ありがとうございます」と応え、父親に感じのよい笑顔を向けた。

それにしても、若い女性が腕時計のコレクションなんかに興味があるのだろうか。もう一つ父親の嫌なところをあげるとすれば、すぐに自慢をすることである。

父親は仕事もよくしたが、趣味も満喫していた。ゴルフ、登山といったアウトドアな趣味にとどまらず、特に腕時計を集めることに情熱を傾けていた。父は、自分のためには高級な腕時計をいくつも買ったが、母にアクセサリーの一つもプレゼントをしたことはあったのだろうか。俺には、いつもつつましやかに暮らしていた母が、アクセサリーをつけていた記憶がない。

それにしても、あの父親が、女性に「さん」づけとは意外だ。母のことは「由利子」と呼び捨てだった。それに、「美味しい」と料理をほめている。当然ながら、母の料理をほめているところなど一度も見たことがない。父親は、すっかりこの女にのぼせ上がっているのだろう。たしかに料理上手だし、美人で上品だ。父親でなくても、男なら誰でも好意をもつだろう。

しかし、ここまでほれているさまを見せつけられると、死んだ母が浮かばれない。まったくもって気分が悪い。そんなことを思っていると、インターホンが鳴った。宅配便かなにかだろう。

「あっ、私、出ます。お二人はどうぞ召し上がっていて下さい」

俺や父親より早く、女は玄関のほうへ小走りで駆けていった。しばらくすると、父親が小声で言った。

「素敵なお嬢さんじゃないか。気が利くし、美人だ。それに由利子の若い頃にそっくりだ。家に帰って彼女が台所にいた時は驚いたが、すぐにピンときたぞ。あんな素晴らしい女性なら、お前がほれるのも無理はないな。実はな、由利子が亡くなる前に言ってたんだ。『あなたの無愛想なのはしょうがないけれど、ハジメの結婚相手には親切にしてくださいね。私は舅《しゅうと》と姑《しゅうとめ》で苦労したんですから』ってな」

一人で嬉しそうにしゃべり続ける父親を、俺はポカンと見つめた。

「母さんからの遺言で、そう言ってるんじゃないぞ。本当に素晴らしい女性だと思っている。ところで、お前たち、いつから付き合っているんだ？」

いったい何を言っているんだ。

「親父《おやじ》、それどういうことだよ？　付き合うって、なんのことだよ？」

「どういうことって、とぼけるなよ。あのお嬢さんは、お前の彼女だろう？」

「は？　知らないよ。親父の交際相手だろ？」

俺と父親は顔を見合わせた。それからすぐ二人で玄関へ走ったが、女性の姿はない。ふと何かに気づいた父は、自室に急いで向かった。それからすぐに、「ああー」と、父親の叫び声が聞こえた。

「時計が、時計がない！　現金も、貴金属も、全部持っていかれた！」

（作　塚田浩司）

［スケッチ］愛はお金では買えない

その若者は、大富豪の一人息子だった。彼は、父親の権力と財力によって、これまで、欲しいと思うものを、すべて手に入れてきた。

あるとき、彼は、一人の女性を自分のものにしたいと考え、強引な手段で彼女にアプローチした。

「僕の父親のことは知っているだろ？　僕とつきあえば、キミも人生の勝ち組になれるんだよ」

しかし、どのような手段を使っても、富豪の息子が女性を自分のものにすることはできなかった。

友人が彼に聞いた。

「お前でも、欲しいものを手に入れられないことがあるんだな。で、お前に逆らった彼女は、今、何をしてるんだ？」

富豪の息子は、彼女が自分に言った言葉を思い出していた。

「財力と権力を持っているのは、あなたの父親なんでしょ。だったら、あなたの父親と結婚したほうが早いわ」

富豪の息子は、苦々しい顔で友人をにらみつけて言った。

「あの女、俺の母親を追い出して、父親と再婚しやがったんだ。今じゃ、俺の義理の母親だよ」

偽札

「その角で停《と》めてください」

後部座席から聞こえてきた声で、タクシーの運転手はブレーキを踏んだ。タイヤが小さく鳴いて、夜中の住宅地の端で止まる。

「四千八百円になります」

後部座席を振り返って初老の運転手が言うと、客の男はコートの内ポケットから財布を取り出した。そうして中から一万円札を一枚抜き、運転席と助手席の間に差し出す。運転手からお釣りを受け取った客は、開いたドアから車外に出た。ひょうっ、と冬の風が車内に吹き込み、まだ運転手の指の間にあった一万円札がなびく。

「ん？」

かたい声をこぼしたのは運転手だ。

「お客さん！」

運転手はあわててシートベルトをはずすと車外に飛び出し、タクシーを離れようとしていた客の肩に手を伸ばした。肩をつかまれた客が、コートのすそを翻しながら、ゆっくり振り返る。

「なんでしょう」

「なんでしょう、じゃないでしょ！　ふざけてもらっちゃ困る。これ、コピー機で作った偽札じゃないか!!」

右手の人差し指と中指の間に挟んだ一万円札をひらひらさせて、運転手は眉間に刻んだシワを深くした。街灯に照らされた一万円札に、透かしは入っていなかった。

「紙幣の偽造は重罪だ。今から警察に通報するから、とりあえず、車の中に戻って待ってもらおうか」

運転手はそう言うと、客をタクシーのほうへ引っぱってゆき、車内に押し込んだ。それから自分は運転席に戻り、すべてのドアにロックをかけてから携帯電話に手を伸ばす。それを見た客はあわてた様子で、「偽札だなんて！」と声を上げた。

「まさか、そんなはず……あぁ、そうか、またか……。いや、違うんだ」

何事かを口の中でつぶやいてから、客の男は深いため息をついた。

「運転手さん、聞いてくれ。俺は偽札なんか作ってない。罠《わな》にはめられているんだ」

はぁ？　と、眉を片方だけつり上げて、運転手は怪訝《けげん》なまなざしを客に向けた。

「罠って、どういうことだ」

座席に戻された客は頭を抱えると、ひどく疲れた声で話し始めた。

「これでもう何回目か……。俺の知らない間に、誰かが勝手に俺の財布に、偽札を入れているんだ。そうとしか思えない。これまでは、渡す前に気づいたから何事もなかったけど、このタクシーの中は暗くて、わからなかった……。申し訳ない」

神妙な表情で素直に頭を下げられ、今の今まで目を三角にしていた運転手は、ひるんだように目をしばたたかせた。

「じゃあ、なんで偽札が財布にあるって気づいたときに、警察に言わないんだ」

「そんなこと、信じてもらえるかわからないじゃないか。さっきのあなたみたいに、おまえが作ったんだろうって言われたらと思うと、怖くてね……。だから、偽札はその都度、燃やしてたんだ。捨てるのも物騒だと思って」

でも……と、客がまた深い深いため息をつく。肺の中にある空気を、すっかり入れ換えようとするかのようだった。

「なぜか、燃やしても燃やしても、いつの間にか偽札は、俺の財布に戻ってるんだ。バカなことだと思うだろう？　俺だって最初は、そう思ったよ」

吐き捨てるように言って、客の男は両手で顔をおおった。嘘をついているようには、運転手には見えなかった。

「あんたの言ってることが本当なら、あんたの近くにいる誰かが……家族とか、会社の人間とかが、あんたの財布に偽札を入れてるってことか？」

運転手の問いかけに、しかし、客は弱々しく首を振る。

「そう単純なことじゃない……もっと謎めいたことなんだ。あんまり頻繁に偽札が入ってるもんだから、さすがに異様に感じてね。あるとき、家で財布を見たら、また偽札が入っていたんで、そいつをコンロで燃やしてみた。そのあと、財布をテーブルの上に置いて、ずっと観察してたんだ。もちろん、片時も目を離さずにね。それで、十分後に財布の中を見てみると、案の定と言うべきか、そこに偽札が入ってるんだ」

はぁ……と、先ほどとは温度の違うつぶやきが運転手の口からこぼれた。それが聞こえたのか聞こえなかったのか、乱暴に頭をかきむしった男の髪が乱れる。

「俺は目を離さなかったし、誰も俺の財布には指一本、触れてない。そもそも俺は独身で、家には誰もいないんだ。いったい誰が、どうやって、俺の財布に偽札を入れてるっていうんだ。なぁ？」

ここで初めて、いらだったように客の男が声を大きくした。しかし、運転手に答えられるはずもない。

「そんなバカなことがあるか」

運転手のため息まじりの一言に、客がようやく顔を上げる。そこには、挑むような色が浮かんでいた。

「だったら、論より証拠だ。見てろよ」

客の男は語気も荒くそう言うと、運転手の手から、透かしの入っていない一万円札をさっと抜き取った。さらに、客の男は財布と同じく、コートの内ポケットからライターを取り出す。シュボッ、と軽い音を立てて灯《とも》った火が、一万円札の端に移る。紙幣に宿った小さな火は、なめるように上へと広がっていった。

客の男は、後部座席のドアの窓を開けると、火のついた一万円札を外へと放り出した。地面に落ちた一万円札は、そのままチリチリと燃えてゆく。

「見ろ。一万円札は、もう持ってない」

客は、つっけんどんに言うと、大きく広げた財布を運転手に突きつけた。財布の中には千円札が数枚と、五千円札が数枚入っているものの、確かに一万円札は見当たらない。間違いないという意味で運転手が軽くうなずくと、客の男は助手席に財布を放り投げた。見ていろと言わんばかりである。運転手にしても、ここまでくれば乗りかかった船だった。

二人とも、一言もしゃべらないまま、十分が経過した。恐ろしく長い十分だった。腕時計を確認しながら運転手は思った。

「十分経ったぞ。財布の中を見るからな」

腕時計から客の顔へと、運転手が三白眼を向ける。客は目を閉じ、こくりと首を縦に振っただけだった。

運転手は助手席から財布を拾い上げると、そうっと開いた。急に動悸《どうき》がし始めたことに、運転手はとまどった。客の奇妙な話に期待しているのか、恐れているのか、気味悪がっているのか。動悸の理由は、運転手自身にもわからなかった。

乗り慣れた車だというのに居心地が悪く、それを振り払うように、運転手は一枚一枚、紙幣を数えることにした。

千円札が、まず六枚。続いて五千円札が、二枚。一万円札は——ない。

「おい、どういうことだ」

目を丸くした運転手の口から、裏返った声がこぼれた。

「一万円なんて入ってないじゃないか。十分経ったら偽札が出現するんじゃなかったのか？」

どういうことかと詰め寄ろうと、運転手が顔を上げたときだった。

客の男が手を伸ばし、運転手の手から財布をすっと取り上げたのである。その顔からは、十分前にはあったはずの疲労やいらだちが、きれいさっぱり消えていた。

「おい、あんた――」

違和感を覚えた運転手が声をかけようとした矢先。

「一万円の偽札？　運転手さん、なんのことを言ってるんですか？」

「……は？」

唐突な言葉に、運転手の反応はたっぷり三秒遅れた。

「何って……あんたが言ったんだろう。自分の財布にいつの間にか一万円の偽札が入ってて、燃やしても燃やしても戻ってくるんだって。それを見せてやるって、あんたが、そう言ったんじゃないか!?」

客の鼻先に指を突きつけて、運転手は声を高くした。すると、客の男は両方の目をふっと細めて、鼻から息を吐いたのだった。笑われたのだと、運転手が悟るまで、また三秒の間があった。

「運転手さん、大丈夫ですか？　お札が勝手に戻ってくるわけないじゃないですか。まさか、飲酒運転してるんじゃないでしょうね。まぁ、事故ったわけでもないから、警察には言わないでおいてあげますけど」

運転席と助手席の間に身を乗り出して、客の男が平然と言う。「警察には」と言ったとき、客があえて一音一音、区切ったことが運転手にはわかった。最初、偽札を渡された直後、「警察に通報する」と言った腹いせだろうか。

運転手の頭に、かあっと血がのぼる。

「さっきの偽札は、なんだったんだ！　燃やしても戻ってくるだなんて言って！」

運転手が声を荒らげれば荒らげるほど、客の男は目元と口元に浮かべた笑みを狡猾《こうかつ》の色に染めてゆく。

「だから、運転手さん。燃やすとか、戻ってくるとかって、何を言ってるんですか？」

客は、あっけらかんとそう言うと、自らの手で後部座席のドアを開けた。外が見える。降りてすぐのところに、灰色の何かがあった。あの一万円札が燃えて灰になったものだった。こんな状態では、燃える前にそれが本物だったのか偽札だったのか、区別などできるはずがない。

だまされたのだ、と、運転手は再び唇を噛んだ。

いや、渡されてすぐ偽札であることに気づいたから、本当にだまされたわけではない。気づかなかったら、あのまま運賃を踏み倒されていたのだから、不幸中の幸いだったと言うべきなのだろう。しかし、コケにされた気分は、偽札をつかまされたほうがマシだったかもしれないと感じるほどに大きかった。

「ああ、四千八百円でしたっけ？」

わざとらしく、思い出したように、客の男が膝を叩いた。叩いた手を財布に伸ばし、そこから取り出した五千円札二枚を、硬直している運転手のネクタイピンにそっと挟む。

「さっきもらったお釣り分を合わせて一万円。小銭のお釣りは、とっておいてください。でも、お酒は買わないでね」

ニヤリと唇をイビツな三日月形にして言うと、客の男はタクシーを降りていった。先ほどよりも冷たくなった冬の風が、運転手の顔をなでる。

大きくコートを翻してタクシーを降りた客が、念を入れるように、外に残っていた灰を踏みつぶした。そのまま悠々と去ってゆく背中を、運転手は、車内の空気がすっかり冷えきるまで見つめているしかなかった。

（作　桃戸ハル・橘つばさ）

［スケッチ］割れた花瓶の謎

怒号と花瓶が割れるような音が、同時にパーティ会場に響いた。

広間の中央には、腰を抜かした男と、立ち尽くす男、そして、バラバラに砕け散った壺《つぼ》の破片。使用人が、すばやく壺の破片を片付ける。

事件は、腰を抜かした男が、パーティの主催者である富豪を罵倒したことがきっかけで起こった。

——数十分前、酒に酔った男が、富豪にからんでいた。

「あんたは、貧乏人から金を巻き上げる泥棒だ！　この家に飾ってある美術品も、その高価そうな壺だって、全部、他人から盗んだんだ！」

それを聞いた、富豪が思わずかっとなって、「高価そうな壺」を振り上げ、酔った男の頭に、叩きつけたのである。

酔った男が後ずさってつまずいたことで、壺は、男の頭ではなく、床に当たって、粉々に砕け散った。

富豪は、自分が癇癪《かんしゃく》を起こしたことを深く詫《わ》びた。すっかり酔いのさめた男も、自分の暴言を反省した。


パーティが終わったあと、富豪は後悔した。

あの男が、自分のことを泥棒呼ばわりしたのは、たとえ話であって、本当に泥棒だと思ったわけでは——自分の正体に気づいたわけではなかったのだ。

うっかり飾ったままにしてしまっていた盗品の壺を指さして、「盗んだものだ」などと言うから、急いで証拠隠滅のために、壺を叩き割ってしまった。

今度、あの男の家から、壺と同額の宝石でも盗んでやらないと気がすまない。

隕石《いんせき》の落下

「いよいよ今日が、地球最後の日ね」

朝、私は夫に向かって言った。

「いろいろあったけど、最後は夫婦二人きりね。最後に何をしたい？」

私はおだやかな声で続けた。

「『何を』って？　行ってくるけど？」

夫はいつものようにネクタイを締め、そう言った。

「え？　どこに？」

「『どこに』って、決まってるだろ。仕事だよ」

「はぁ？　あなたバカじゃない!?　今日の夜八時に隕石が落ちてきて、地球は……人類は滅亡するのよ!!」

「だって、出かけたい場所も、したいことも特にないし、仕事がたまっているから」

そう言って、夫は玄関を出て行こうとする。

私は、それ以上、声をかけられなかった。

この人は、最後まで、日常を通す人なんだ――。去って行く夫の背中を見ながら、玄関で立ちつくす私。

神様に祈りを捧げても、運命なんて変えられそうもない。

「まさか、最後に一人ぽっちなの？」

私は家族と一緒に最後の瞬間を迎えたかった。

あと、親しい友だちに、お礼の言葉なんかも言いたかった。

しかし、現実はまったく違った。

我が家の一人息子は、「恋人と最後の夜を過ごしたい」と言って、昨日の晩、家を出ていってしまった。回線がパンクして電話がつながらず、実家とも友人とも連絡がとれない。

道路は渋滞しているので、遠くまではいけないだろう。最後に私は一人。一人で生まれてきて、一人で死ぬんだ。

そんなものなんだと、肩を落とした。

しょげた気持ちで死んでしまうのもなんだか頭にくる。

だから、一番好きな映画を見ながら、お酒を飲むことにした。

だって、他になにかある？　しかたないじゃない？


私の夫とは、まったく違うタイプの主人公。

映画の中のヒロインは、いつも主人公に抱きしめられている。

現実の私は、なんで一人なの？

グラスをかたむけるピッチがあがる。


そして映画を見ている最中、私は知らないうちに眠ってしまっていた。


「うそ！　私、寝てしまったの？　こんな大事なときに」

跳ね起きる。私は大馬鹿者だ。最後の最後まで。

まだ生きていることだけが救いだった。

「時間は？　今、何時なの？」

私は部屋の電気をつけて、時計を見る。

二十時を過ぎている。

「どうなっているの？　隕石は？」

画面をテレビ放送に切り替えた。

町で大勢の人たちが喜び抱き合っている姿が中継されている。ニュースキャスターが興奮気味に話している。いや、叫んでいると言ったほうがよいかもしれない。

「まさに奇跡です。奇跡が起きました!!　まさか隕石が消滅するなんて！　おそらく、隕石の成分が地球の大気圏突破に耐えうるものではなかったのでしょう!!」

私も両手を上げて叫んだ。

「やったわー！　ウソみたい！　地球が助かった！　私も生きてる!!」

自分自身びっくりするほど飛び跳ねて笑い転げた。しかし、一緒に喜ぶ相手がおらず、余計にさみしく、死にたい気持ちになった。せっかく助かったというのに……。

そのとき、玄関のチャイムが鳴る音がした。

扉を開けると、夫が立っていた。

いつも通り、夫が帰ってきたのだ。

八時過ぎに帰宅するのが夫の日課だ。

「あなた！　私たち生き残ったのよ！　やったわね！　ね！　よかった！　よかったよ！　隕石が落ちなかったの！」

私は夫に飛びつき、抱きついた。

すると夫は、露骨に嫌そうな表情をし、こう言った。

「だと思った。やっぱり、会社に行ってよかったよ。そんなにくっつかれると暑いから、離れてくれないか。そんなことより、晩ご飯できてる？　まずは、家に入れてくれ」

その瞬間、私の中で何かが切れた。

「この野郎！」

私は、夫の顔を思いきり殴りつけた。

夫は白目をむいて、ゆっくりと、そして棒のように倒れた。

受け身をとれず、夫は地面に頭を打ちつけた。

隕石は落ちなかったが、夫の頭には地球がぶつかった。


（作　井口貴史・桃戸ハル）

［スケッチ］何もしない夫

結婚してから、わずか一年――。

まだ、「新婚」と言ってもよい時期だが、妻は離婚を決意した。

夫が「何もしない人間」だとわかったからだ。

ちょっとしたことも、「忙しい」を理由にして、やろうとはしない。

もちろん家事も、何一つしない。近所や親戚との付き合いも面倒くさがる。

妻は、ソファに寝そべってテレビを観《み》ている夫に、「離婚届」をつきつけた。

「この離婚届にサインをしてください！」

さすがの夫も、事態の深刻さを感じたのか、真顔になって言った。

「キミと離婚することなんてできない。急に無茶なことを言うな！」

妻は、結婚以来、積もりに積もった不満をすべて吐き出した。
夫は、困惑顔で言った。
「キミの不満はよくわかった。でも、離婚はできないんだ。
実は、ちょっと忙しくて、まだ『婚姻届』を出していないんだ」

ペルセウスとメドゥーサ

——お前は、娘ダナエの子によって殺される。

アルゴスのアクリシオス王は、恐ろしい神託を受けて、震え上がった。

「なんということだ……」

アクリシオス王は、すぐにダナエを誰の目にも触れない塔に閉じ込めた。今、ダナエに子どもはいない。ダナエに子どもを産ませなければ神託が実現することもない。

塔に閉じ込めたのは、男性と接触させないためだ。ところが、ダナエの姿は、最高神ゼウスの目にとまった。ゼウスは黄金の雨に姿を変えて塔に入り、ダナエと関係をもち、ペルセウスが生まれた。

——娘と孫を葬らなければ、自分の命があぶない。

とはいえ、娘と孫を殺すのはしのびなく、アクリシオス王は、母子を木の方舟《はこぶね》に入れ、海に流した。方舟は、セリポス島に漂着し、そこでダナエとペルセウスの親子は漁師に助けられ、平穏に暮らすようになった。

ペルセウスが青年になったころ、島の王であるポリュデクテスが、美しいダナエを我がものにしようとしつこく言い寄るようになった。ペルセウスは、母を守ろうとして、ポリュデクテスの邪魔をした。

「まったく、うっとうしい奴だ……」

王は一計を案じ、ペルセウスを遠ざけるために、彼に命令した。

「ペルセウスよ、怪物メドゥーサの首を取ってきてはくれまいか!?」

王の命令には逆らえない。ペルセウスは了承するしかなかった。

「わかりました。首を取ってみせましょう」

王は、ほくそえんだ。

――メドゥーサを殺せるわけがなかろう。これで邪魔者がいなくなる……。

メドゥーサは、ゴルゴン三姉妹の末娘で、無数の毒蛇の髪の毛、猪《いのしし》の歯をもつ、醜い姿の怪物である。ステノ、エウリュアレという二人の姉は不死の身体だが、メドゥーサは不死ではなく、殺すことができる。ただし、メドゥーサの姿を直接見た者は、石になってしまうという。

「あの怪物に、どう立ち向かえばいいのだろうか……」

ペルセウスは悩んだ。

そんなとき、メドゥーサ退治の噂を聞きつけ、力を貸そうと言ってくれる者があらわれた。知恵の女神アテナである。アテナは、ペルセウスに、よく磨かれた輝く楯《たて》を授けた。

「おお！　これは素晴らしい！」

ペルセウスは、立派な青銅の楯を手に取り、楯をながめた。そこには、メドゥーサ退治に意気ごむ、自信に満ちた若者の姿が映っていた。

さらにペルセウスは、アテナの勧めにしたがい、ステュクス河のニュンフたちのもとを訪ね、翼のついたサンダル、かぶると姿が見えなくなるかくれ帽、それにメドゥーサの首を入れておくための袋を借りた。

なぜ、そこまで親切にしてくれるかはわからないが、困り果てた自分を助けてくれる女神アテナに、ペルセウスは深く感謝した。

そして、万事準備が整うと、ペルセウスはメドゥーサの住処《すみか》へと向かった。

ペルセウスがメドゥーサの住処に忍びこんだとき、メドゥーサは、眠っているところだった。磨かれた青銅の楯は、鏡のようにはっきりと眠るメドゥーサを映した。ペルセウスは、楯に映るメドゥーサの姿を見ながら慎重に忍び寄った。

そして、楯にメドゥーサの姿をとらえながら、剣を振りかざした。その瞬間――

「ここまで殺しに来たのか！」

かっと目を見開いたメドゥーサが、咆哮《ほうこう》に近い声で叫んだ。ペルセウスは、その言葉の意味もわからず、しかし、その咆哮におじけづくこともなく、剣を振り下ろし、その首をはねた。

そのときだ。切り離された怪物の首が、小さな声で何かつぶやいたような気がした。聞き間違いか、「ありがとう」と言ったように聞こえた。

早く逃げなければならない。ペルセウスは、切り落としたメドゥーサの蛇の髪をつかんで袋に入れ、かくれ帽をかぶり、サンダルを履いて上空に舞い上がった。

そのとき、メドゥーサの首から、血しぶきとともに、背に翼をもつ馬ペガサスが生まれた。

ペルセウスは、天馬ペガサスにまたがり、はるか遠くに飛び去り、メドゥーサの二人の姉からなんとか逃げ延びることができた。

そして、ペルセウスが、ペガサスに乗って天を翔け、母の待つセリポス島に向かう途中のこと。ペルセウスは、眼下に、岩に鎖でつながれた美しい乙女を見つけた。その岩場から少し離れたところからは、恐ろしい大海獣が迫っていた。

乙女は、エチオピアの王女アンドロメダだった。大海獣が迫るというのに、娘を海岸から見つめるケペウス王とカシオペア王妃は、うろたえるばかりで、何もできずに涙していた。

いったい、なぜこんなことが起きているのか？

きっかけは、カシオペアが、

「私やアンドロメダの美しさは、神にも勝る」

と口をすべらせたことだった。これが神々の怒りを買った。

ケペウスとカシオペアは、神託に従い、娘アンドロメダを岩に縛りつけ、怪物の生《い》け贄《にえ》にささげなければならなかったのだ。

メドゥーサ退治で自信をつけていたペルセウスは、

「王女を助けたら、妻にもらいうけたい！」

と、ケペウスとカシオペアに叫び伝えた。

「わかった。とにかく、早くあの怪物をやっつけてくれ」

ケペウスが了承した。するとペルセウスは、大海獣にメドゥーサの首を見せて石にし、アンドロメダの救出に成功した。

「なんと、強い男だ……」

ところが、王と王妃は、娘をペルセウスに嫁がせるつもりなどなかった。アンドロメダは、ケペウスの兄弟ピネウスと婚約していたからだ。ペルセウスとアンドロメダの結婚式のとき、二人は秘《ひそ》かにピネウスを招き入れ、ペルセウスの命を狙わせた。

「アンドロメダは、私のものだ！」

ピネウスは、手下とともに宴《うたげ》の席に乗り込んできた。

すると、ペルセウスは、ふたたび袋からメドゥーサの首を取り出し、彼らをみな石に変えてしまった。

こうしてアンドロメダを妻に迎えたペルセウスは、母の待つセリポス島に帰還し、母と妻を連れてアルゴスへと向かった。しかし、神託を恐れたアルゴス王アクリシオスはすでに逃亡していて、ペルセウスがアルゴスの王となった。

それからのち、ペルセウスが競技会に招かれて円盤を投げたとき、円盤が老人にあたって亡くなるという事件が起きた。実は、この老人こそアクリシオスで、こうして神託は実現したのだった。

物語は、英雄ペルセウスが活躍するよりも、はるか以前にさかのぼる。

あるところに、ステノ、エウリュアレ、メドゥーサという、美しい容姿をもったゴルゴン三姉妹がいた。三姉妹はそれぞれに輝く美貌を持っていて、なかでも、末娘のメドゥーサはもっとも美しいと評判だった。

「メドゥーサほど美しい娘はいない」

人々は、メドゥーサに見とれ、その美貌をほめたたえた。

その美貌に対し、あまりに多くの称讃《しょうさん》を受けて育ったメドゥーサは、あるとき、つい調子に乗って、こんなことを言ってしまった。

「私は、女神アテナよりも美しいわ」

女神アテナは、最高神ゼウスの愛娘《まなむすめ》である。知的で美しい女神だったが、同時に猛々《たけだけ》しい気性をあわせもっていた。プライドが高く、特に、自分と美で張り合う女性には、容赦なく厳しい罰を与えるような女神だった。そんな女神よりも美しい、などということは、絶対に言ってはいけない言葉だった。

メドゥーサの言葉は、すぐにアテナの耳に入ってしまった。怒りをたぎらせたアテナは、メドゥーサの前にあらわれると、こう言った。

「私よりも美しいなどと言っている者がどうなるか、思い知るがよい！　二度と人前に出られないほど醜い姿になりなさい!!」

　すると、メドゥーサの自慢の金髪は生きた蛇になり、小さな口からは猪のような牙がはえ、なめらかな手はざらざらとした青銅になってしまった。

「なんということを！　どうか、私たちの美しい妹を返してください」

　二人の姉は、涙ながらにアテナに訴えたが無駄だった。それどころか、

「ええい、黙れ！　お前たちも同罪だ。罰を受けるがよい！」

と、姉たちを不死の体をもつ怪物に変えてしまった。「不死」ということは、死んでその呪いから逃れることもできないのだ。

　それでも、なおアテナの怒りは収まらなかった。二人の姉は、怪物になるとともに不死身になってしまったが、妹のメドゥーサだけはそうではなかった。アテナは長い時を経ても、その怒りを収めることはなく、虎視眈々《こしたんたん》と、メドゥーサへのさらなる報復を狙っていた。

　しかし、メドゥーサが人目の届かない洞窟に逃げ込んでしまったこと、アテナが自分の手を汚すことを嫌ったことで、メドゥーサはなんとか生きながらえていた。

　ペルセウスがメドゥーサを退治するという噂をアテナが聞きつけたのは、それからだいぶ後のことであった。アテナは、まだメドゥーサを許してはいなかった。彼女は、ペルセウスを助けるふりをして、援助を申し出て、楯を授けた。そして、ペルセ

ウスは旅立った。

ふと物音がして目を覚ましたとき、メドゥーサのそばには、たくましい若者が立っていた。どうやら、楯を鏡がわりにして近づいてきたらしい。

「ここまで殺しに来たのか！」

メドゥーサは思わず叫んでしまった。

この若者が、誰の差し金で来たのかは明白だった。

しかし、メドゥーサは、すぐに落ち着きを取り戻し、自らの首を切りやすいよう、若者の前に差し出した。

かつて人々から称讃された美貌を失い、今は醜い怪物となり、人々から隠れ住んでいる。もう疲れてしまった。姉たちのように不死身ではないが、殺されない限り死ぬこともない。生きていることは地獄である。そして若者の剣が振り下ろされた。

首と胴体が切り離された瞬間、メドゥーサは小さな声でつぶやいた。

「ありがとう……」

（原案　ギリシア神話　翻案　桃戸ハル）

［スケッチ組曲］トロイの伝説

トロイの木馬

「トロイの伝説って、あれ信じられないよな？」

デスクワークに飽きたのか、隣の席の同僚が話しかけてきた。

「難攻不落の城壁を落とすため、木馬の中に兵士を隠して、城壁の内側に入れさせるって、あり得ないだろ？」

しかし、実際には、シュリーマンが、その伝説からトロイの遺跡を発掘している。同僚は、何を疑っているのだろう？

「だって、怪しい木馬が置いてあるんだぜ。明らかに誰かが潜んでるだろ？　それに気づかないって、どんだけボンクラだよ」

たわいない雑談に飽きたのか、同僚は、またパソコンに向かい、仕事をはじめた。

それから小一時間後――。

隣の席から、悲鳴に近いうめき声が聞こえた。同僚のパソコン画面を見ると、画面いっぱいに、

「警告：ウイルスに感染しました」

という文字が表示されている。

どうやら、コンピュータウイルスに感染してしまったらしい。

「何でそんなことになっているんだ？」

同僚は、オロオロとした声で説明した。

「何かメールが来て、高額クジに当選したから、添付の書類を開いて、必要事項を記入しろって……」

未《いま》だに、そんな見えすいたメールにひっかかってしまう人間がいることに驚いた。

古代から現代まで、好奇心と欲望の前には、心の城壁などは、すぐに

陥落するということだろう。

トロイの木馬殺人事件

城壁の前に置かれた大きな木馬を、トロイ軍の誰もが疑いの目で眺めた。明らかに、誰かが潜んでいるパターンである。しかし、木馬の中からは物音ひとつせず、誰かが隠れている気配もない。

トロイ軍は、一応、木馬を城壁内に運びはしたが、大勢の兵士が槍《やり》を構え、木馬の周囲を取り囲んだ。観察してみると、木馬はお腹《なか》の部分にトビラがある。やはり、中に誰かが潜んでいるのだろうか。

ゆっくりとトビラを開ける。たしかに敵軍であるギリシアの兵士がたくさんいた。

しかし、兵士たちは全員死亡していた。なぜ、彼らは死んだのか、あるいは殺されたのか、結局、その真相はわからずじまいだった。

敵の兵士たちの死体は、木馬から外にだされ、三日間、広場に放置された。

それからさらに三日ほど経った頃から、城壁の中で、おそろしい病気が蔓延《まんえん》しはじめ、あっという間に壊滅的な被害をトロイ軍に与えた。

トロイにはもはや、戦争を続ける体力はなく、降伏せざるをえない状況に陥った。

さかのぼること一ヵ月前——。

ギリシアのある町で怖ろしい病気が流行し、大勢の人間が死んだ。

原因はわからなかったが、ギリシア軍は、その病気で死んだ者に兵士の格好をさせ、木馬の中に入れ、トロイの城壁の前に置いてみた。

細菌やウイルスで病気が感染するなどとは、まだ知られていない時代の出来事である。

好きな人が好きな人

森猛《もりたける》は、大学の友人である香月莉菜《かづきりな》から相談を受けた。

「あのさ……森くんって、川上《かわかみ》くんと仲いいよね？」

「うん、まぁ。川上がどうかした？」

猛が問い返すと、とたんに莉菜の視線が落ち着かなくなった。うつむいてモジモジしている彼女の両手は、所在なさげにスカートをつかんだり放したりしている。

「どうかしたっていうか、まぁ、その……わかるでしょ！」

歯切れの悪さに猛が首をかしげたとき、莉菜が、スゥッと息を吸った。

「かっ、彼女とか、いるのかなって、思って……」

顔を赤らめて、そんなことを言う女子を見てピンとこないほど、猛は子どもではない。一応、自分にも瑠美《るみ》という恋人がいる。

「いや、川上、彼女はいないって言ってたはずだよ。……あっ、そう言えば⁉」

何かを思い出した様子の猛に、莉菜がおそるおそる尋ねる。いじらしいな、と猛は微笑ましく思った。だから、少しでも莉菜が自信を持てれば、と思って、前に川上から聞いたことを伝える。

「前にアイツ、『好みの女の子は、ひとつ下の娘《こ》』って言ってた」

「な、なに？」

「ひとつ下……」

「あっ、学年じゃなくて、年齢なんじゃないかな？　ほら、アイツ浪人してるから、俺らより年歳《とし》はいっこ上じゃん。あと、『小柄で守ってあげたくなるような感じの女の子』とも言ってたから、それって香月さんの可能性もあるんじゃない？」

莉菜は華奢《きゃしゃ》で、身長も低く、スカートやワンピースを着ていることが多い。今日も、花柄のフレアスカートに紺色のブラウスという、フェミニンな格好だ。お世辞ではなく、川上の言っていたイメージに近いんじゃないだろうかと、猛は思う。

「ありがとう、森くん」

何かを決意した様子の莉菜に、猛が「がんばれ！」と心の中でエールを送ったときだった。

「あの……よかったら森くん、ついてきてくれない？」

予想していなかったさらなる「相談」に、「はぇ？」と間の抜けた声が猛の口からこぼれる。莉菜は顔を真っ赤にしながら、か細い声を絞り出した。

「ひっ、ひとりじゃ不安っていうか……直前で、心が折れそうだから……それに、森くんがいれば、川上くんも、へんに構えないですむっていうか……」

それは、あまりにもおかしい。自分は莉菜の身元引受人でもないし、自分がついていったら、むしろ川上が変に勘ぐるのではないだろうか。

しかし、莉菜はいたって真剣らしい。もしかしたら、誰かがいることで、告白を断りづらい状況を作りたいのだろうか。川上の性格からすると、そんな状況に左右されるとは思えないのだが……。

結局、不安で揺れる瞳で「お願い……」と懇願されて、猛は莉菜の頼みを引き受けることになった。

そうは言っても、告白する、そのシーンに立ち会うのは、猛のほうも気まずすぎるので、莉菜や川上からは見えない物陰から応援することにした。

相談を受けた翌日の今日、火曜日には、三人がともに履修している講義がある。二限のその講義が終わったところで、猛が川上に声をかけて引きとめる。ほかの学生たちがいなくなったところで莉菜がやってきて、猛も退室し、莉菜が告白する。猛は、それをドアの外から見守る、というか、聞き耳を立てて莉菜の告白の成功を祈る。

——それが、計画の全貌だ。

その教室は三限で使われる予定はないのだが、猛は、もし誰かが教室に入ろうとしたら、それを止めるというけっこう重大な役も担っている。

講義終了のチャイムが鳴り、教授が終わりを告げるより先に学生たちが持ち物を片づけ始めた。教授が「じゃあ、今日はここまで」と言い、学生が次々に教室を出ていく。大学では恒例の風景だ。

猛はあえて片づけに手間取っているフリをし、川上を待たせた。昼食に急ぐ学生たちは、あっという間に教室を去り、今、猛と川上の二人だけが教室に残っている。

そこへ、台本どおりに莉菜が現れた。

「川上くん、ちょっと教えてほしいことがあるんだけど……」

「川上、俺、ちょっとトイレに行ってるから」

猛はそそくさと教室を出た。心の中で、「がんばれ！」と、もう一度、莉菜にエールを送った。

教室を出た猛は、閉めた扉にピタリと体を寄せ、聞き耳を立てた。あまりいい趣味ではないが、ことのなりゆきを見守っていないと、あとで莉菜に対してどういう態度をとればよいかわからない。

それに、いい趣味ではないが、興味はあったのだ。

「あ、あのさ……川上くんに、聞きたいことがあるんだけど……」

「ん？　なに？」

——きた！

緊張度合いの増した声が扉のむこうから聞こえてきて、猛の手にまで汗がにじむ。

まだ高校生のころ、自分が瑠美に告白したときのことがよみがえり、妙に恥ずかしい気分になってきた。頭を横に振って当時の記憶をひとまず追い払った猛の耳に、莉菜の強張《こわば》った声だけが聞こえてくる。

「わ、わたし……その……」

——がんばれ！　香月さん！

昨日、猛に相談してきたときのように、莉菜が、大きく息を吸いこむ音が聞こえた。現実的には、聞こえるはずなどないのだが、たしかに聞こえたような気がした。

「ず、ずっと前から、川上くんのことが好きでした！　よかったら、わたしと付き合ってください！」

——言った！

モジモジしていた莉菜からは想像できないような潔い告白に、猛はギュッと拳を握りしめていた。扉越しにもその必死さが伝わってくるのだから、彼女の目の前にいる川上に、想《おも》いが伝わらないはずはない。

——「ありがとう」って言え、「うん」って言え、あわよくば、「おれも好きだったんだ」って言え!!

ふたたび高校生のころの、瑠美との記憶が戻ってくる。

自分のことのように懸命に祈っていた猛の耳に、川上の落ち着き払った声が聞こえてきた。

「ごめん……おれ、好きな人がいるんだ」

莉菜に感情移入していた猛は、莉菜が受けているであろうショックを、同じように受けた。

「好みの女の子」というのが莉菜のことではなかったということだろうし、「好みの女の子」が漠然としたタイプのことを言っていたのではなく、具体的な誰かのことを言っていた、ということだろう。

その可能性は十分に考えられたのに、莉菜にへんな期待をもたせるようなことをしてしまった自分の無責任さを、猛は後悔した。

「そう、だったんだ……」とつぶやく莉菜の声は、とても小さい。

まるで呪いをかけられて、コビトにでもなってしまったかのようだ。もちろん、その呪いの言葉を唱えたのは川上である。

「それって、どんな人なのか、聞いてもいい？」

震える声で、莉菜が踏みこむ。

猛は、「やめておけ」と莉菜に言いたかった。「もう、それ以上、自分を傷つけるような質問はするな」と言ってあげたかった。でも、できなかった。川上は、どういう気持ちで、なんと答えるのだろう……。一方で、それを聞きたいと思う自分もいたからだ。

「小さくてかわいくて、ちょっと天然なところと涙もろいところがあって、だけど本当は芯が強くて、だから応援したい、守ってあげたいって思える女の子――莉菜ちゃんとは、次元が違うんだ」

最後の一言が聞こえてきた、その一瞬で、猛は我を忘れた。

「おい、川上！」

猛は、ケンカするときにだって出したことのない大声を上げると同時に、目の前の扉をガラッと開け、教室に踏みこんだ。莉菜のためではない。自分が、そんなひどいことを言われた気持ちになったのだ。

「も、森？」

大きく見開いた目を向けてきた川上のそばで、莉菜が今にも泣き出しそうな顔をしている。今度は、自分のためではなく、莉菜のために猛は怒鳴った。

「川上、おまえ……いくらなんでも、今のはひどすぎるだろ!!」

「え？『今の』って……」

「『次元が違う』とかいうやつだよ！ おまえに好きな人がいて、香月さんと付き合えないのはしょうがないことだと思うよ。でも、香月さんがどんな気持ちで告白したと思ってんだよ！ 香月さんのこと、よく知りもしないで……ほかに、もっと言葉があるだろ!?」

友人だと思っていた川上への怒りと失望が、猛の胸にごうごうと渦を巻く。

「も、森くん……わたしは大丈夫だから……」

不穏な空気を感じたのか、莉菜が猛と川上の間に入ろうとした。そこへ、眉ひとつ動かさずに、川上がけろりとこう言ったのだ。

「そんなに怒られることか？」

「はぁ!?　おまえなあっ!!」

「『次元が違う』ってダメかなぁ？　そのまんまの意味なんだけど……」

「『そのまんま』？」

なにやら会話が嚙《か》み合《あ》っていないことにようやく気づいて、少しだけ猛は冷静さを取り戻した。莉菜も、とまどうように、大きな瞳で川上を見つめている。

そして、注目された川上は、おもむろにポケットからスマホを取り出して、なにやら操作し、画面を二人に向けたのだった。

そこには、ピンク色のカールした髪の毛に、黒目の中に星が輝いている大きな瞳の——イラストの女の子が映し出されていた。

「これ、って……」

「かわいいだろ!?　ミアちゃんだよ。トップアイドルになることを夢見ている十七歳。でも、トップアイドルになるためには、いろいろなハードルがあってさ。それなのに、くじけず健気《けなげ》で前向きで、儚《はかな》げななかにも芯のある強さを感じるっていうか、とにかく応援したくなるんだよ！」

明らかに川上のテンションが変わったことで、猛の怒りの炎はすっかり鎮火していた。見れば、莉菜もぽかんと口を開けている。自分も似たような表情をしてしまっているんだろうなと、猛はぼんやり思った。

そして、ようやく、先ほど川上が口にした言葉の真の意味を理解する。

「それじゃ、『次元が違う』っていうのは……」

「だから、おれ、今は三次元の女の子に興味ないんだわ」

「『好みは、ひとつ下』って、前に言ってたのって、もしかして……」

「ああ、次元の話だよ。三次元のひとつ下の二次元のこと。森もあのとき、『たしかに下はかわいいよな』って言って、アニメの話をしだしたから、てっきり通じてるんだと思ってたんだけど……」

猛は、めまいがしたように感じた。が、それはたぶん、気のせいではない。

川上は、まだ何かを熱心に解説してくれているようだったが、その声はまるで猛の頭に入ってこなかった。莉菜へのフォローをどうするかということで、猛の頭の中はいっぱいだったからだ。

（作　橘つばさ・桃戸ハル）

［スケッチ］たとえ嵐が吹こうとも

今、ミキが胸をときめかせているのは、ユウタからの告白が、ラブレターという奥ゆかしい手段だったからだけではない。

「ミキが助けを求めるときには、何があっても、オレはすぐに駆けつける……」

「たとえ、土砂降りの雨だろうが、嵐が吹こうが、オレはミキの傘になって、ミキを守る……」

そこには、あふれんばかりの想いが書きつづられていたからである。

ちょうどそのとき、電話が鳴った。ユウタからである。

「ミキ、手紙を読んでくれた？　オレの彼女になってほしい！」

「うん。私も、ユウタのことが大好きだよ」

ユウタは、跳び上がるほど嬉しくなった。

そして、喜びを抑えきれず、ミキに言った。

「じゃあ明日、デートしよう。そうだ、遊園地に行こう！　ミキとふたりで遊園地に行けるなんて、夢みたいだ。あっ……」

ユウタは、何かを思い出したようで、「ちょっと待ってて」と言うと、いったん電話を切った。

そして、数分後、ふたたび電話をかけてきて言った。

「ミキ、今、テレビで天気予報を見たら、明日は大雨になるらしいよ。大雨だったら、いや、小雨《こさめ》でも、濡《ぬ》れるのは嫌だから、雨が降ったら、デートは、別の日に延期しよう」

記憶

「お父さん、リンゴ買ってきたから、むいてあげるよ」

いつものように、学校を終えたアカネが病室に見舞いにやってきた。

「あぁ、すまんな。いただこうか……」

男は、そう言って体を起こした。

アカネは桐谷《きりたに》のことを「お父さん」と呼ぶが、桐谷は本当の父親ではない。現在、高校生のアカネは、幼い頃に両親を失い、この桐谷という男に育てられてきたのだ。

アカネには、幼い頃の記憶がない。両親が二人とも死んだ事件のショックから、それまでの記憶をすべて失ってしまったのだ。

桐谷は、その事件を担当した刑事だったが、孤児となったアカネに同情し、自らひきとって育てることにしたのである。もちろん、アカネも、桐谷が実の親ではないことを知っている。

「調子はどう？　少し顔色がよくなったみたいね」

アカネが笑いかける。

「さぁ、どうだろうな……。私の体は、あちこちにガンが転移して、死を待っているだけだからな。良いも悪いもなかろう。でも、今日は天気がいいし、気分はいいよ」

アカネが悲しそうな表情をしている。

アカネの悲しみは、命が尽きかけている私に向けられたものなのだろうか。それとも、ふたたび孤独の身となる自分に向けられたものなのだろうか。桐谷は、窓の外の平穏な町の風景をながめた。

「ナイフ、どこだっけ？」

「そこの引き出しの中かな」

アカネは、果物ナイフを取り出すと、器用にリンゴの皮をむきはじめた。

「学校はどうだ？」

「変わりないよ」

アカネは、肩をすくめる。

「勉強はしっかりせんとな」

「卒業できればいいのよ。大学に行くわけじゃ……。うっ……」

「どうした！」

突然、アカネが頭をかかえてうずくまった。ナイフとリンゴが床に転がった。

「おい、アカネ！　大丈夫か!!」

「うっ、ううう……」

アカネは苦しそうに眉間にシワをよせ、額に脂汗をかいている。

「先生を呼ぼう……」

ナースコールを押そうとすると、アカネが手を出して制止した。

「いいの。……もう大丈夫」

「おい、どうしたんだ？」

「最近、たまにあるの。なんか、記憶がよみがえってくるの……」

「記憶が!?　何か思い出したのか？」

桐谷は、ベッドから身を乗り出し、アカネの肩をゆすった。

「ううん、何も。断片的に見えるんだけど、肝心なことは何も……」

「そうか……」

大きくため息をついた。

「もう、私の命は長くない。お前に、本当のことを話しておいたほうがいいかもな……」

「えっ？　本当のことって？」

「いや、やっぱり、やめておこう。知らなくてもいいことだ」

「お父さん……」

アカネは複雑な表情を見せた。

きっと、真実を知ることはつらいことだろうけど、両親に何があったのか、アカネには伝えておかなくてはいけないと桐谷は思っていた。

その晩、桐谷の容態が急変した。


アカネは病院に呼び出され、医師から、今夜が峠になると聞かされた。

病室の前には、父親の同僚の刑事二人がいて、アカネを見て一礼した。桐谷は、激しく呼吸しながら目をつむっている。

「お父さん、がんばって……」

アカネは、桐谷の手を強くにぎった。

すると、彼はゆっくり目を開け、アカネの手をにぎり返した。そして、何かを決意したように目を閉じると、しゃがれた声で言った。

「アカネ、聞いてくれ。実は、あの事件があったとき、私は現場にいたんだ」

「えっ!?」

アカネは耳を疑った。

「私は、事件に関わっていたんだ。お前の本当の父親を殺したのは、私なんだ」

どういうことなの？　アカネは動揺した。今の父親が話ができる状態でないことは、明らかだ。しかし、今を逃せば、真実を知る機会は永遠に失われるような気がする。

「お父さん、どういうことなの？　本当のことを教えて」

アカネは、桐谷に強く呼びかけた。

桐谷に、アカネの声が聞こえているのかいないのかはわからない。しかし、彼は、声をふりしぼって話しつづけた。


……あれは、ちょうど十年前。

私は、幼なじみの女性から、電話で個人的な相談を受けた。マユミというその女性は、そう、アカネ、お前のお母さんだ。

彼女は、毎日のように夫からひどい暴力を受けて、自分は殺されるのではないか、とおびえていた。電話越しでも、声が震えているのがわかったよ。

私は驚いた。彼女は、幸せに暮らしていると、ずっと思っていたから。

実は、お前のお母さんだけではなく、お前のお父さんのことも、私は知っていた。

私たちは、同じ高校だったからな。

お前のお母さんは、多くの男子生徒から好かれていたが、結局、お前の父親を選んだんだ。

大学を卒業して、二人が結婚した、ということは、風の噂で聞いていた。勝手な想像、いや願望で、お前のお母さんには幸せでいてほしいと思っていたんだ。

しかし、実際に会ってみたマユミの状況は想像を超えていた。彼女の目は、青黒く腫れ上がり、首や腕にはひどいアザがあった。

私は怒ったよ。お前の父親のところにも行って怒鳴りつけもしたよ。

しかし、あの男は、まったく意に介する風もなかった。

「警察がわざわざ、他所様《よそさま》の家庭のことに首をつっこむってどういうことだ？　これは、きちんとした捜査なのか？　上司も知っているんだろうな？　まさか、俺たちを別れさせて、ちゃっかり自分の結婚相手にしようってんじゃないだろうな？」

そんなことまで言ってきた。

当時はまだDVという言葉も一般的じゃなくて、マユミにも、自分が被害者という意識がなかった。

「夫に不満を持たせる自分が悪いの。自分はどうなってもいい。でも、娘だけは守らなければ」と言っていたよ。

あれだけのひどい傷があれば、傷害事件として立件できたはずなのに、マユミは、被害届を出すことをかたくなに拒んだ。彼女は、夫を逮捕してもらいたいと思ってはいなかった。娘から父親を奪うことにためらいがあったんだろう。

とはいっても、マユミの命を危険にさらしたままでいいわけがない。私は職務とは別に、彼女のことを守ってやろうと思った。彼女を説得して、定期的に会うことにし、様子を見ることにしたんだ。

私は、週に一度、マユミと会って話をした。私は、さまざまな事件を見てきたから、そういうことを話して聞かせた。いろいろと話しているうちに、彼女の気持ちにも変化があらわれた。

自分が悪いのではない。どんな理由があるにせよ、暴力を受ける覚えはない。そして、夫とも別れるつもりでいる、と語るようになった。

私にマユミに対する好意がなかったといえば、それは嘘になる。あの男が言ったように、私の心のどこかに、マユミが離婚すれば、自分と結婚してくれるのではないか、と思っていたのかもしれない。しかし、誓って言うが、私とマユミの間には、やましいことはなかった。

だが、悲劇は訪れたんだ。

その日、私はマユミの自宅を訪れる約束をしていた。しかし、仕事が終わらず、予定よりもだいぶ、到着が遅れてしまった。

私は、マユミと娘の様子に変わりがないことを確認すると、早めに家を出ようとした。もう、あの男が帰宅する時間が迫っていたからな。

ところが、タイミングが悪かった。私が上着を着て家を出ようとしたとき、あの男が帰ってきてしまったんだ。あの男は、私たちを見るなり、関係を疑った。

「最近、様子が変だと思ったら、こういうことだったのか。お前は、俺を裏切っていたんだな」

男はそう叫んで、刃物を取り出し、マユミに襲いかかった。私は、それを止めようと、素手でなんとか抵抗した。だが、太ももを深く刺され、床に倒された。しまった、と思ったが、もう遅かった。次の瞬間、あの男は、彼女の胸に刃物を突き刺していた。

そして、ちょうどその光景を見ていたのが——アカネ、お前だった。

男は興奮していた。マユミを刺してしまったことで、自分も死ぬつもりだったのかもしれない。そして、娘を道連れにしようとしたんだろう。アカネにも刃物を突き立てようとしたんだ。

私は、すかさず銃を取り出し、撃ったんだ。


「お前の父親を撃ち殺したことに後悔はないよ。だって、アカネの命を救うことができたんだから」

桐谷は、激しく咳《せ》き込《こ》んだ。

「お前は、あまりのショックで記憶を失った。最初、私は、お前の記憶が戻りそうになったら、それにフタをするために、そばにいなければいけない、と思ったんだ。しかし、今は違う。やはり、お前は真実を知るべきだ。だから——」

そこまで話すと、桐谷は、満足したように目をつむった。

目の前で深い眠りについた男に、アカネはもう、「お父さん」と声をかけることができなかった。

やがて、心電図に動きがなくなり、脈拍が止まった。かけつけた医師が瞳孔などを確認し、死亡を伝えた。

アカネは、拳を固く握って泣いた。悲しくて泣いたのではない。心の中に渦巻く感情をどうすればよいのかわからずに泣いたのだ。

父は、母に暴力を振るった、とんでもない男に違いない。しかし、桐谷が現れ、余計なことをしなければ、もしかすると父と母が命を落とすことはなかったのではないだろうか。

でも、桐谷がいなければ、私は父に殺されていたかもしれない。

私は、誰を憎み、誰を恨めばよいのか……。それがわかったところで、もう誰もいないではないか。私はもう、過去と訣別《けつべつ》し、一人で生きていくしかないのだ。

病室の外から、その様子を見ていた二人の刑事は、黙禱《もくとう》をささげて病室を離れ、静かに病院を出て行った。自分たちには、彼女にしてあげられることは何もないとわかっていたからだ。

――つらいだろうが、アカネちゃんは、自分の力で生きていくしかない。

「知らなかったな……、あんな話。桐谷さん、昔のこと、話したがらなかったからな。ナベさんは、あの事件のこと知っていたんですか？」

若い刑事が、先輩らしき刑事に話しかける。「ナベさん」と呼びかけられた刑事は、無表情なまま答えた。

「あの事件を担当したの、俺と桐谷さんなんだよ」

「じゃあ、ナベさんも、よくご存じなんですね？」

「いいや、全然知らない」

若い刑事は、驚いたように聞き返した。

「どういうことですか？　担当だったナベさんも知らないって……」

「桐谷さんのあの話、あれは、嘘だよ」

「えっ、そんなことあり得ますか？　死の間際に嘘つくなんてこと……」

先輩刑事は、悲しそうな表情で言った。

「死の間際だから、一世一代の嘘をついたのさ。アカネちゃんを苦しませないために……」

そして、ため息をついて続けた。

「アカネちゃんの父親が、奥さんに暴力を振るっていたってのは本当のことさ。それで、奥さんを殺してしまったってことも。でも、その父親を殺したのは、桐谷さんじゃない。アカネちゃんなんだよ」

「ど、どうして？」

「父親の暴力で瀕死《ひんし》の状態だった母親を助けるために、父親をナイフで刺したんだ。何度も何度も。でも、母親を殺されたショックと、自分が殺人を犯してしまった罪の意識で、あの子は記憶を失ってしまった。そういう事情と年齢のこともあって事件は不起訴になった。だから、詳しいことは、誰にも知られていない」

「じゃあ、桐谷さんは、そのことを隠すために？」

「そう。桐谷さん、いつも恐れていたよ。いつか、アカネちゃんが記憶を取り戻すんじゃないかってことを。彼女が真実を知ったら、罪にさいなまれて、立ち直れなくなるだろう。だから、記憶を取り戻しそうになったら、偽りの記憶をアカネちゃんに植え付けようと思っていたんじゃないかな。自分が憎まれることで、アカネちゃんを守ろうとしたんだ。桐谷さんらしいよ」

（作　桃戸ハル）

［スケッチ］取り調べ

殺人事件の容疑者がつかまり、取調室では、刑事と容疑者の二人が、やりとりをしていた。
容疑「いいかげん、本当のことを言ったらどうなんだ？」
刑事「本当のことって何だ？」
容疑「犯人は、おまえだ！」
刑事「証拠でもあるのか？」
容疑「ある。事件の一部始終を、オレが見ていた」
刑事「そうか、オレは、運が悪かったんだな」
刑事がニヤリと笑った。
「自分は運が悪かった」と思った刑事であったが、考え直し、そしてニヤリと笑った。

——むしろ、自分は運がよかったかもしれない。

誰かに犯行を見られていたと感じていたが、それが、この誤認逮捕された男だったとは……。自分で目撃者を探し、始末しなくてはいけない、と考えていたが、その手間が省けた。

あとは、誰も見ていない、この「密室」とも言うべき取調室で、「容疑者が襲いかかってきた」とでも理由をつけて、この男を始末するだけだ。

この男は手錠をかけられているし、簡単なことだ。

そんな刑事の考えなど知らず、容疑者はまだ、「犯人はお前だ！」などと叫び続けている。

犯人の正体

「こんな仕事をずっと続けていていいのか……」

弘樹《ひろき》は、悩んでいた。

大学卒業後、大手証券会社に勤めていたが、やっている仕事は自分に合ったものではなかったからだ。

明らかに自分たちに有利な条件で仕込んだ債券や名前も知らない会社の未公開株を、たいして金融の知識もない一般人に、「いい投資になる」と言って売りつける。

昔から人あたりがよく、誰からも好かれるタイプだった弘樹は、どんな相手でも、信頼を得て、金融商品を売りつける自信があった。だから、社内でも、営業成績はつねに上位にいた。

でもどこかで、他人をだましているのではないか、という罪悪感があった。

何度か上司に相談をしたが、その度に、

「お前が辞めると会社が困る。頼むから、会社のためにもう少し我慢してくれ」

という泣き言を言われ、だらだらと仕事を続けていた。

そんなとき、卒業以来十年ぶりに学生時代の友人、洋介《ようすけ》と再会した。

洋介は、大手ＩＴ企業のシステムエンジニア《ＳＥ》として活躍していた。

「ＳＥはソフトウェアやシステムを設計するけど、それって、職人と同じなんだ。ものづくりなんだよ。自分が作ったものが動いて、お客さんの役に立つ。こんなやりがいのある仕事ができて、俺はラッキーだ」

洋介の顔は輝いていた。

「ＳＥって、仕事がきつそうだけど」

「いや、いまはそんなことない。うちは大手だし、残業も少ないよ」

「そうか……」

弘樹は、洋介のことがうらやましくなった。

洋介は、一年前に年上の女性と結婚もして、まさに順風満帆の人生を歩んでいるように見えた。それに比べ、自分は仕事に不満を抱え、将来を見通せないでいた。これまで多くの女性と付き合ってはきたが、みな、一流企業の肩書にひかれて近づいてくるだけだとわかって、女性への不信感だけが強くなっていた。

ある日、洋介とお酒を飲んでいるとき、弘樹は、自分の考えを口にした。

「俺、会社辞めようと思ってるんだ」

「えっ⁉　辞めるの？」

「ああ。実はこれまでも何度か辞めようとしたんだけど、その度に上司に言いくるめられて、辞められなかった。でも、今度は辞める。俺には、夢があるから」

「夢⁉」

「会社を作るんだ。金融に特化したＩＴ企業を。金融の業務はこれからますますＩＴ化する。俺は、顧客のニーズをとらえた魅力的なアイデアを持っている！」

「そうなのか……。お前なら、絶対うまくやれそうだな」

洋介は、妙に納得した。

「でも、俺一人じゃダメなんだ。俺たちなら、絶対にうまくいくと思う」

「俺たち？」

「そう。洋介、俺といっしょにやらないか？」

「俺が⁉」

「金融系ＳＥは、ＳＥのなかでも一番高いスキルが求められる。大きなチャレンジになるけど、お前のキャリアにとっても絶対に悪くないはずだよ」

思いつきで、そこまでよどみなく話している自分に、弘樹は我ながら少し怖くなった。心のなかで芽生えた、洋介を自分のものにしたいという思いが、彼をつき動かしていた。

「俺の金融分野の人脈と、お前のSEのスキルがあれば、いいビジネスができると思うんだ」

洋介は、あまりにも急な展開に呆気《あっけ》にとられるばかりだったが、弘樹の提案は、洋介自身にとっても魅力的なものに思えてきた。実は、仕事は面白いが、「このまま会社のなかで与えられた役割をこなしていくだけの人生でいいのか」という疑念を、洋介は持っていたのだ。一度は外に出て、チャレンジするというのもありだと思った。

「よし！　やろう！」

洋介は即決した。あまりの洋介の決断の早さに、弘樹のほうが驚いた。

「えっ、マジか……」

「ITベンチャーか。楽しみだな！」

「あっ、ああ。そうだな……」

こうして二人の挑戦ははじまった。

数ヵ月後、それぞれの会社を辞職した二人は、東京に小さなオフィスを構え、金融専門のＩＴベンチャーを興した。

起業から一年がすぎた。会社の業績は順調に伸びており、経営も軌道に乗りはじめていた。

社長で営業の弘樹は、証券会社時代の人脈を生かしてシステム関連の仕事をとってくる。それをＳＥの洋介が、クライアントの要望を聞きとりながら形にしていく。

しかし、システム設計はさすがに一人ではまわらない。はじめは外注に出していたが、あまり期待した結果が得られなかったので、三人の若手エンジニアを採用し、洋介が教育していくことになった。

その日の夜、弘樹がオフィスを出ようとすると、いつものように洋介だけがパソコンに向かって作業していた。すまないな、と弘樹は思った。しかし、彼ほど頼りになる人間はいない。いまは頑張ってもらうしかない。

「洋介、まだ終わらないのか？」

「これだけは終わらせないと。大事な案件だから」

かなり気が張っているのか、口調は静かだった。洋介の顔色は、いつになく悪く、眼鏡の奥の目はとろんとして、まぶたが重そうだ。

「ところで、三人の新人の様子はどうだ？」

「みんな、センスはある。あの三人が育ってくれれば、俺も楽になるし、もうしばらくの辛抱ってとこだな」

洋介は作業の手をとめず、やや鬱陶しそうに答えた。

「……そうか、あまり無理するなよ」

弘樹はオフィスをあとにした。


翌朝、弘樹はいつものように朝九時に出社した。社員の出社時間は十時だが、朝のうちに会社の雑務をこなすのが、小さな会社の社長の務めでもある。

ロックを解除し、ドアを開ける。小さな玄関があり、オフィスにつづく短い廊下がある。オフィスの照明はついたままだ。洋介が徹夜でもしたのだろうか。しかし、デスクに洋介はいない。そのかわり、誰かが床にうつぶせで倒れていた。洋介だった。

「おい、洋介！　大丈夫か！」

弘樹はあわてて洋介の身体を抱きかかえた。

血の気が引いた真っ白い顔で、眼鏡の向こうの半目からでも、瞳孔が開いているのがわかった。呼吸はない。すでに死んでいることは明らかだった。

「おい……。どうしたんだ」

弘樹は冷静になるように努めたが、手の震えは止まらない。

特別な外傷は見当たらない。服装も昨夜と同じ。白のワイシャツにグレーの上下のスーツだ。鞄《かばん》は遺体の横に落ちている。

弘樹は洋介の身体をゆっくりと仰向けに寝かせてやると、一度眼鏡をとって、半目を静かに閉じてやった。

それから、オフィスに入って洋介のデスクを確認した。パソコンの電源も入ったままだ。

つまり、昨晩、洋介は、仕事中に突発的な発作に襲われ、そのまま倒れて息を引き取った——。最初、弘樹はそう考えた。

しかし、何か引っかかる。何か違和感を覚える……。

「あっ！……」

洋介の自宅は、オフィスのそばにある。救急や警察に連絡する前に、弘樹は洋介の妻に連絡を入れた。電話をしてから二十分もしないで、妻の晴美《はるみ》はあらわれた。

弘樹は彼女の写真を見たことはあったが、それが初対面だった。洋介に、「奥さんに会わせろ」と言ってはいたが、会社を立ち上げてから、ずっと忙しく、その時間もなかったのだ。

「洋介……」

変わり果てた夫の姿を見て、晴美はその場に立ち尽くした。涙もなく、取り乱すこともない。妙に落ち着いている。

すると、人形のようにくるっと弘樹のほうを見て、ぼそっと言った。

「……心臓発作って言いましたよね。人ってこんなに簡単に死んでしまうんですね」

なんだこの女は。弘樹は背筋がぞっとしたが、意を決して口を開いた。

「洋介は、本当に病死なんでしょうか？　私は、違う可能性を考えています」

「違う可能性？　どういうことですか？」

「誰かに殺された……つまり、他殺です」

「他殺!?　主人は、誰かに恨まれていたんですか？」

「いえ、洋介は他人に恨まれるような人間ではありません」

「じゃあ、誰が……」

「はっきり言いましょう。奥さん、あなたではないんですか？　洋介を殺したのは!?」

「私!?」

「そう。あなたが殺した」

「何を言ってるの！　証拠はあるの？」

犯人かどうかはともかくとして、晴美は洋介の他殺説をあっさり受け入れている。あまりにも怪しすぎる。

「洋介のパソコンの電源も、オフィスの照明もついていました。服装も昨夜のままです。つまり、洋介は、仕事中にここで倒れた。そう考えられます」

晴美は無言で何も答えない。

「でも、一つだけおかしな点があります」

「おかしな点？」

「眼鏡です」

「……眼鏡!?」

晴美は、洋介の遺体に目を落とした。

「洋介は、いつもパソコンで作業するとき、ＰＣ用の眼鏡をかけていました。ブルーライトをカットするための眼鏡です。オフィスにいるときには、絶対にそれをかけていて、帰宅するときに、よく似たデザインの普通の眼鏡をかけるのです。私はそれをいつも見ていたので、よく知っています。……今、彼がかけている眼鏡はどちらでしょうか？」

「さぁ……」

「普通の眼鏡です。これはありえない。洋介は、仕事中は、必ず作業用の眼鏡をしているから、つまり、洋介は仕事中に死んだのではない。会社の外で死に、あるいは殺され、誰かにここに運ばれてきたということです。洋介をここに運んできた人物——洋介はそいつに殺された可能性が高い」

「………」

「もう一度言いましょう。晴美さん、あなたが洋介を殺したのではないですか？　洋介は、自分には高額の生命保険がかけられていると言っていた。それが狙いではないですか？」

晴美は目をそらし、黙った。それが答えだと思った。

が、突然、顔をあげ、殺気だった目を弘樹に向けた。そして弘樹の鼻先までぐっと迫り、はっきりとこう言った。

「主人が殺された、というのは、あなたの言う通りよ。でも、犯人は私ではないわ」

犯人が自分ではないのなら、なぜ、『洋介が殺された』などと言えるのか――。

「洋介のようないい奴を殺そうとする人間がいるはずない！」

晴美は、観念したのか、やや小さな声になって続けた。

「そう、主人は誰かに恨まれるような人間ではなかったわ。あの人は本当に素晴らしい人だった。私のいちばんの宝だった。――あなたが言う通り、洋介をここに運んだのは私よ」

とうとう自白した。厳しいビジネスの世界で仕事をしていたからか、ウソをついている表情や、その人が何を考えているのかが、ある程度わかるようになった。今の仕事を辞めても、探偵になれるんじゃないだろうか。弘樹はそんなことを考えた。

しかし、弘樹の思考が脇にそれたことなどおかまいなしに、晴美は続ける。

「主人は、昨日の深夜一時を過ぎた頃、疲れ切った顔で帰ってきました。シャワーを浴びてから寝ると言うので、私は先にベッドに入りました。つい寝入ってしまって、気がついたら夜中の三時を過ぎていました。でも、隣のベッドに洋介の姿がない。何してるのかしらと思ってリビングに行ったけど、そこにも彼の姿がない。あわてて浴室に行ったら、電気がついているけど、物音がしない……」

「…………」

「嫌な予感がして、ドアを開けたら、洋介は洗面台の前で倒れ、すでに死んでいました……」

その話は信用できなかった。弘樹は矛盾をついた。

「では、なぜ、救急車も呼ばず、遺体をオフィスに運び入れたんですか？　犯行を隠蔽するためじゃないんですか？」

「あなただって救急車を呼んでいない。洋介は死んだんではなくて、あなたが殺したんだ」

「そ、そんなことはない……」

「あなたは何もわかっていない。なぜ、私がわざわざ主人の遺体をここに運び込んだのか。……それは、主人の思いをあなたが何も知らないことに納得がいかなかったからよ！」

「どういうことですか？」

「主人は、仕事のしすぎで――過労で死んだのよ！」

「過労で……」

「そうよ!!　主人は、新しい会社を作ってから、一日も休まず、毎日、毎日、徹夜をして、ほんのわずかな睡眠時間しかとらずに働いていたのよ。新しい会社のために、あなたのために、ぎりぎりまで身体と精神を酷使して働いていたのよ!!」

「ウソだ……」

「あなたが知らなかっただけ。仕事を家に持ち帰ることも多かったわ。主人は、あなたに黙ってやっていたのよ」

「……そんな」

「あなたは、主人を死の淵《ふち》まで追いつめていたことを知らなかった。それが悔しくて、主人の死に様をあなたに見せてやろうと思って、ここに運んだの！　……私の洋介を返して!!」

それまで我慢していた感情が一気にあふれ出て、晴美は大声で泣き崩れた。

「……俺が？　俺が洋介を殺したのか？」

起業は、順調に見えた。しかし、それは、洋介の「無理な働き方」に支えられた、あまりにももろいものだった。「その人が何を考えているのかが、ある程度わかる」……。さっき頭に浮かんだ考えを、そんなことを自慢気に思っていた自分を殴りとばしたくなった。いちばん身近な人間の考えすら、俺はわかっていなかった。


（作　桃戸ハル）

［スケッチ］上司の教え

青年が就職した会社は、国際社会の中で、常に厳しい競争を強いられるような、国内有数の大企業であった。

そんな企業の中では、社員たちは忙しく、誰も悠長に仕事を教えてくれない。

社員たちには、自ら仕事を作り出す、高い意識が要求された。青年も、新入社員の頃から、よく直属の上司に叱責された。

「なにのんびりしているんだ！　仕事は自分で見つけろ！　探しても仕事がないなら、自分で仕事を作り出せ!!」

結局、青年にはそのような厳しい世界は合わず、五年ほどでその企業を辞めた。そして、試験を受け、地方公務員に転職した。

転職してから二十年以上経った今でも、青年――今では、すっかり中年になった男は、かつての上司の言葉を思い出す。

――仕事がないなら、自分で作り出せ！

男は、転職後、数年の間こそ、仕事がなくのんびりとした状態に満足していたが、しだいに、あの頃の緊張感を求めるようになった。

そうだ、仕事がないなら、自分で作り出せばいい――殺人事件がないなら、自分で事件を起こせばいい！

ぬるま湯につかったこの国には、殺人事件は、適度な緊張感を与える社会のカンフル剤になる。

地方公務員――警察官になった自分は、捜査の最前線にいる。証拠を捏造《ねつぞう》するのはお手のものだ。いざとなれば、またあのときのように、取調室の中ででも、正当防衛で、容疑者を亡き者にすればいいだけだ。

クリスマスの予定

森猛は大学の構内で、「猛、ヤバイ、俺ヤバイよ、猛！」と、大学の友人である後《ご》藤宏幸《とうひろゆき》に抱きつかれていた。

けっして、宏幸に愛の告白をされたわけではない。しかし、テンションが上がりすぎた宏幸は、手加減を忘れた力でぐわんぐわんと猛を揺さぶってくる。たしかに、ヤバイやつだ。

「どうしよう猛！　俺マジでヤバイんだけどっ!!」

「おまえがヤバイのはよくわかったから、とにかくはなせ！」

「やっぱり聞きたいか？　そうかそうか、聞きたいか！」

猛は「放せ」と言ったのだが、宏幸には、「話せ」と聞こえたらしい。もっとも、そうでなくとも宏幸は話さずにいられなかったであろうことは、想像にかたくない。

宏幸にしばらく揺さぶられ続け、ようやく解放されたときには、猛は車酔いに似た感覚を覚えていた。しかし、宏幸はそんなことなどおかまいなしに、マシンガンのように話し始めた。

「俺、バイト先に気になってる子がいるって言ったじゃん!?」

ぐらぐら揺れる頭で、猛は、しばらく前の記憶を再生した。

「ああ……千代《ちよ》ちゃんだっけ？」

そう！　と、宏幸が猛の鼻先数センチのところに、人差し指を突きつける。

最初に宏幸の口から「千代」という名前を聞いたのは、猛の記憶では、大学の夏休みが明けた直後だ。夏休み中に、宏幸はレンタルＤＶＤショップのアルバイトを始めたという。ギターを買うための目標金額に達したらやめよう、くらいに考えていたバイトだったが、その計画は初日で一人の女子によって大幅に狂わされてしまったのだという。バイト先に、宏幸の好みド真ん中な女子がいたのだ。

「なんで千代ちゃん、俺の好みの顔を知ってるんだろうなぁ」

「は？　どういうこと？」

「だって、俺の好みを知ってなきゃ、あんなに俺の好みド真ん中な顔をしてるはずないと思うんだよ。なんで知られたんだろうなぁ。俺、もうあそこのバイトやめらんねぇよ！　……あ！　もしかして俺をやめさせないための作戦かな……」

宏幸の言っていることはメチャクチャだし、なぜここまで自己中心的に考えられるのか、猛にはさっぱりわからない。一目ボレで恋に落ちるというのは、こういうことなのだろうか。

「それで、その千代ちゃんがどうかしたのか？」

今もっとも宏幸が言われたいであろう言葉を猛が投げかけると、おもしろいくらい予想どおりに、宏幸は目を輝かせた。その両手が、ふたたび猛の肩をつかむ。

「それがさ！　昨日バイトで二人きりになったとき、千代ちゃんに聞かれたんだよ！『後藤さん、クリスマス・イヴ、予定、あいてませんかっ？』って!!」

ボリュームを調整する機能が壊れてしまったかのように、宏幸の声がだんだん大きくなる。ここは、猛たちの通う大学内にある学生ラウンジ。時間も四限が終わったあとなので、適度に学生の姿がある。その中心で大音量を発している宏幸には注目が集まっていたが、本人はまったく意に介していない。

「わかった、わかったから、もうちょっと声を落として話せよ。ちゃんと聞くから」

それは昨日、大学の授業を終えた宏幸が、バイトのシフトに入ったときだ。男子更衣室から出たところで、女子更衣室から出てきた相馬《そうま》千代とバッタリ鉢合わせした。

──ナイス店長！

今日のシフトを組んだ店長に感謝する宏幸であった。

「お疲れさまです、後藤さん。今日も、よろしくお願いします」

バイト歴としては千代のほうが宏幸より長かったが、年齢がひとつ上の宏幸に対する彼女の物腰は、常に丁寧だ。

このときも、礼儀正しく腰を折った千代の、まっすぐ切りそろえられた前髪が、彼女の小さな額をなでた。小柄な千代が頭を下げると、宏幸からは彼女の後頭部がよく見える。細くつやつやとした黒髪は、きっと高級な絹糸のようにサラサラなんだろうな、と妄想──もとい、想像してしまう。

それじゃあ今日もがんばりましょうね、と、いつもなら千代が小さなふたつの拳を作って、それぞれの持ち場につくのだが、この日は、そんな「いつも」とは少し様子が違った。

「あ、あの……後藤さん……」

所在なげに両手の指先をもじもじと絡めながら、千代の視線が行き場を失っている。そんな千代も反則レベルでかわいらしくて、抱きしめたくなる衝動を宏幸は必死に抑えこんだ。

「なに？　どうしたの？」

理性を総動員して尋ねると――一瞬で、千代の顔が赤くなった。

その反応を予想していなかった宏幸は、理由がわからず、まばたきをした。千代は、あの、えっと、あの……としばらく繰り返したあと、ようやく顔を上げた。

「クっ……！」

「く？」

「クっ……クリスマス・イヴ、予定、あいてませんかっ!?」

声が裏返っていたために、最初は何を言われたのか、わからなかった。

――クリスマス／イヴ／予定／あいて／ませんか？

国語の文法の授業でやったように、言われた言葉を文節ごとに区切って心の中でつぶやく。品詞分解しようとして我に返り、千代の言葉の意味を咀嚼《そしゃく》できたのは、三十秒ほど経ってからだ。返事をためらっているように思われてはマズイ。三十秒の遅れを取り戻すように、宏幸は早口で答えた。

「あいてる！　もう超あいてる!!　あかぬなら、あかせてみよう、クリスマス」

自分でも何を言っているのかわからない返事だが、そんなことに気を配れる余裕など、今の宏幸にはなかった。自分まで声が裏返らないようにするのが、やっとだ。

幸か不幸か——幸に決まっているのだが、宏幸に彼女はいない。クリスマスまで、あと一ヵ月ほど……今年のクリスマスも、ひとりぼっちの「サビシマス」かと覚悟していたが、ついに自分にも春が訪れたのだ。

——クリスマスって、春の季語だっけ？

突然のことに思考が散らかって、くだらないことばかり考えてしまう。

しかし、そんなこととは露知らず、宏幸の返答に千代は明らかにほっとしたふうに表情をゆるめた。先ほどまでの緊張感がウソのように、「よかったぁ……」と小さな肩を下げる。

——それは俺のセリフです！　キミの勇気に、今年一番の感謝!!

心の中で快哉《かいさい》を叫んだ宏幸に向かって、千代が両手を合わせて「お願い」のポーズをする。

「それじゃあ、イヴ、あけといてもらってもいいですか？　また改めて相談させてください！」

「うん。わかった」

平静を装ってうなずいたものの、心臓は口から飛び出しそうになっている。だから、「ありがとうございます！」と、また律儀に後頭部が見えるまで頭を下げた千代がパタパタとレジのほうに向かったあと、宏幸は背中から深く壁にもたれかかった。

「マジかよ……」

ようやく口にした言葉は、情けないくらい震えていた。千代の前では震えなくてよかった、と、心底思った。


「そんなワケで、俺もついに『サビシマス』卒業だ！　これでもう、おまえと瑠美ちゃんがイルミネーションを見に行っても、呪わずにいられるな」

「は？　呪ってたのか？」

宏幸のテンションに圧倒されながらも、猛は、友人に訪れた「春」を素直に祝福した。

猛は「千代ちゃん」を知らないが、好きになった相手からデートに誘われるなどという展開は、そうそう起こるものではない。猛には瑠美という恋人がいるし、関係も順調だが、宏幸が体験したシチュエーションを、少しうらやましく感じてしまった。

「それで、その千代ちゃんとどう過ごすのかは、考えてるのか？」

クリスマス・イヴである。とくに、食事をする店は、早めに予約しておいたほうがいい。

「予約しておかないと、どこにも入れなくて、せっかくのデートを台なしにするぞ」

猛のアドバイスを、宏幸は真剣な表情で聞いていた。

「ちょっとリサーチしてみるよ。千代ちゃんの好みも聞かないといけないし。聞いてくれて、サンキューな、猛！　俺、興奮しちゃって、ふざけてるように見えるかもしれないけど、この想いは本気なんだ」

猛は、ふざけているように見えて、その実、一途《いちず》な友人の恋が叶《かな》うよう願った。

＊

——イヴまで、あと一週間。

猛の言ったとおり、クリスマスデートによさそうなレストランは、軒並み予約でいっぱいになっていた。千代に「改めて相談させてください！」と言われた手前、自分が決めすぎるのはどうなんだろう、がっつきすぎと思われて引かれるかもしれないしな……などと考えていたら、いつの間にかクリスマスまで一週間になっていたという状況である。

これはけっこうキビシイかもしれないな……と、バイトの休憩時間に宏幸がスマホで、雰囲気のよさそうなレストランをチェックしていたときである。

「あ、後藤さん。お疲れさまです！」

バックヤードに、シフトを終えて帰り支度まですませた千代が入ってきた。ガタタッと立ち上がった宏幸を、大きな瞳が見つめる。

「よかった、ここにいたんですね。イヴのことで、お話ししたいと思ってたんです」

「あ、ほんと？　よかった、俺もそろそろ話さなきゃと思ってたんだ」

宏幸の言葉に、千代がほっと胸をなで下ろす。もうあまりいい店は予約できないかもしれないが、それでも、千代のためにできるだけのことをしようと宏幸は決意した。そして、きちんとその場で、自分の気持ちを伝えるのだ。

「後藤さん、二十四日、あけてくれてますか？」

「うん、一応。俺は、何時からでも大丈夫だよ」

できるだけ余裕のあるふうに見えるように意識して言うと、千代が「よかった！」と胸の前で手を合わせた。ということは、千代も時間には融通が利くということだろう。宏幸としては、できることなら昼間からデートして、クリスマスディナーにつなげたい。

「じゃあ、何時からにしようか？」

女の子のほうが準備はいろいろあるものだから、時間は決めてもらったほうがいいだろう。そんな気を利かせたつもりの宏幸に、千代はすぐに答えた。

「それじゃあ、十七時から二十三時まで、お願いしてもいいですか？」

「え？　ああ、うん、まぁいいけど……」

小さな違和感を宏幸は覚えた。千代が提案してきた時刻は、妙に具体的だ。帰宅時間まであらかじめ決めてしまうのは、千代の家の門限がうるさいということだろうか。だとしたら、もちろんムリは言えない。

そんな宏幸の思考に、千代の明るく弾む声が重なった。

「よかったぁー。イヴにシフト代わってくれる人なんて、いないかもって思ってたから、本当に助かります！　ありがとうございます！」

――え？　シフト？

思考が切り替わるまで、少し時間がかかったが、切り替わったとたん、真冬だというのにイヤな汗が背中に浮く。

ちょっと待って。待て待て待て……いや、待ってください。ウソだろ？　あり得ないだろ、あんなふうに顔を赤くして聞いておいて、こんな仕打ちなんて。俺、なんか恨まれるようなことしたっけ？　もしかして、呪われてる？

『イヴ、予定、あいてませんか？』って……千代ちゃん、バイトを代わってほしいって、こと？」

「そうですよ？　わたし、言いましたよね？　もしかしたらシフトを代わっていただきたいかも、って」

いや、聞いてない、絶対に聞いてない。聞いてないはずだ。そんな言葉、聞きたくない！

言い返しそうになった宏幸だったが、とたんに自信がなくなって、口を閉じた。

あのとき――「イヴあいてませんか？」と千代に尋ねられたとき、舞い上がって、そのあとの言葉を聞き逃していた可能性も、正直、なくはない。日頃から猛にも、「ポジティブ思考と紙一重の自己チュー」と言われる。千代は「デート」などとは一言も言っていないのに、宏幸が勝手に思いこんで舞い上がっていただけだったのだ。

ぐるぐると回転する宏幸の頭に、千代の恥ずかしそうな声が流れこんでくる。

「じつはわたし、大学に好きな先輩がいて……。サークルの先輩なんですけど、今までぜんぜん気持ちを伝えられなくて……でも、決心したんです。二十三日に、サークルのクリスマス会があるから、そのあとで告白するって。もちろん、断られるかもしれないけど、うまくいったら、やっぱりイヴは一緒に過ごしたいんです。だけどわたし、前にイヴに予定がないって言ったらシフト入れられちゃってて……。だから、シフトを代わってくれる人を探してたんです。後藤さんが優しい人で、本当によかった！　今度、改めてお礼させてくださいね！」

本当に、ありがとうございます！　お先に失礼します！　と、そう言って千代が律儀に頭を下げる。小さな後頭部を宏幸が呆然と眺めていると、それがパッと跳ね上がった。輝かんばかりの笑顔を残して宏幸に背中を向けた千代が、離れていく。何か言うなら、今しかない。

「千代ちゃん！」

振り返った千代に、意を決して、宏幸は強い口調で言った。

「千代ちゃん、がんばって。千代ちゃんみたいに素敵な子なら、絶対に、先輩も好きなはずだよ。俺、応援してるから！」

驚いたように目をみはる千代に向かって、宏幸はニッと笑うと、「グッドラック」とつぶやいて親指を立てた右手を、力強く突き出した。

それは同時に、宏幸自身を鼓舞する親指でもあった。

（作　橘つばさ・桃戸ハル）

［スケッチ］逃げてしまった夢

「イタリアのリーグでプレーできることは、サッカー選手の夢だから、向こうからオファーがあったときは嬉しかったよ」

日本のサッカー界で活躍する、その男は言った。

「ただ、同時に『怖い』という気持ちもあったんだ。だって、イタリアで自分のプレーが通用しなかったら、そこで目標を失ってしまう気がしたんだ。

だから、イタリアに行くかはすごく悩んだ。そんなとき、おふくろが病気で倒れた。誰かがそばで看病しなければならない――。そんな感じでずっと悩んでいるうちに、イタリアのチームがしびれを切らして、オファーを取り下げてきたのさ。

夢が逃げていってしまったんだ」

「夢が逃げたんじゃなくて――」

サッカー選手の妻が、何か言いかけた。

男は彼女と、母の看病をきっかけに一年前に知り合い、そして、彼女の強さと優しさにひかれ、結婚した。

彼女は、男を真《ま》っ直《す》ぐに見て、言い直した。

「夢が逃げたんじゃなくて――逃げたのは、あなただったんじゃないの」

男は何も言わず、妻をにらんだ。

「お義母《かあ》さん、亡くなる前、いつも泣いてた。あなたが夢をあきらめたのは、自分が原因だって。お義母さんが、ずっと苦しんでいたのは、病気じゃなくて、あなたのことなのよ」

男の目に涙が浮かぶ。

「イタリアのリーグがあなたの夢なら、オファーなんか待っていないで、自分からチャレンジすればいい。お義母さんも私も、そんなあなたが大好きなの」

息子の親友

「超大国」と呼ばれ、国際政治と経済をリードするその国は、海外で泥沼の戦争を繰り広げていた。多くの兵士を派遣するも、犠牲は増えるだけで、国内ではしだいに反戦ムードが高まっていた。

自分たちの子どもが兵士として徴兵され戦地に送りこまれたフライ夫妻も、反戦運動の集まりの一員だった。


「テレビを消して！」

妻のスーザンは、両手で顔を覆って立ちあがり、キッチンへ駆け込んだ。テレビから流れる戦争のニュースに耐えられなくなったのだ。

ため息をつきながら、夫のジョンは、力なくテレビのスイッチを切った。二人の一人息子であるカイルは、今も兵士として戦地で戦っている。戦争の状況を知りたくもあり、知りたくもない、というのが、ジョンの正直な気持ちであった。

カイルは優しい子だった。戦地に赴いてからは、二人を心配させないよう、こまめに手紙を送ってくれていた。

その優しい息子からの手紙が、この二ヵ月ほど途絶えている。今までに、こんなに手紙の間隔があいたことはない。夫婦の会話も、途切れがちになっていた。話す話題は息子のことしかない。しかし、不吉な想像を口にしてしまうと、それが現実のものになってしまいそうで怖かったのだ。

日曜日には、夫婦そろって教会に行き、息子の無事を祈った。反戦集会には必ず参加した。プラカードを掲げ、声を限りに反戦を叫んだ。息子は、戦地で過酷な戦いを続けている。私たちも、ここで戦わなければ。

二人とも、そんな思いでいっぱいだった。


そんなある日のこと。

「スティーブが戦地から帰還したらしい」

二人はそんな知らせを耳にした。スティーブは、息子カイルのクラスメイトだった青年だ。

「今朝、両親が車で迎えに行ったから、そろそろ町に着くころだ」

複雑な心境のまま、ジョンとスーザンは、帰還兵スティーブを出迎えるため、町の中心部へ向かった。もしかしたら、息子カイルのことについて、何か知っているかもしれない。そんな淡い期待もあった。

そこには、すでに数十人の人々が集まっていた。その中には、スティーブのガールフレンド、リタもいた。小さな花束を持っている。スティーブの乗った車が町に到着した。車のドアが開く。リタが、気を失って倒れた。花束が地面に落ち、彼女を介抱するために駆け寄った人々の靴の下でつぶれた。

車から降りてきたのは、真新しい棺《ひつぎ》だった。

薄暗いリビングで、ジョンとスーザンは言葉もなくソファに座り込んでいた。スティーブの両親の嘆き悲しむ姿が、二人の目に焼きついて離れない。

私たちにも、今日のようなつらい日が待っているのだろうか……。二人はどちらからともなく、手を握り合っていた。

「灯《あか》りをつけましょうか……」

よろよろと立ちあがるスーザン。

「夕食の支度を、しなくちゃ」

魂が抜けたような声だった。そのとき電話が鳴った。電話は、軍病院からだった。

「カイル？　カイルなのね!?」

受話器を握ったまま倒れそうになる妻を、ジョンが支えた。電話の声の主は、まぎれもなく愛《いと》しい息子カイルだった。

「二ヵ月も便りがなかったから心配してたのよ！　元気なの？　怪我《けが》してない？」

今までこらえていた思いが堰《せき》を切って、矢継ぎ早な質問責めになる。スーザンの勢いに驚いたのか、カイルは無言になる。

「ごめんなさい。疲れているのは当然よね。つい嬉しくて」

「僕も、母さんの声を聞けて嬉しいよ」

依然と変わらぬ、優しい口調のカイルだった。

「今、帰国して、軍病院で簡単な検査をしているけど、もう少しで帰れると思う」

「おお、神様！　ありがとうございます！　息子を返して下さって！」

スーザンは泣きながら叫ぶように言った。夫のジョンもそばで泣いている。

「それはそうと、一つお願いがあるんだ……」

口ごもりながら、カイルは言った。

「戦地で親友になった親友のリチャードを連れて帰って、一緒に住みたいんだけど……いいかな？」

「もちろんよ！」

スーザンは、すぐに答えた。電話の声が夫にも聞こえているのか、ジョンも大きくうなずいている。

カイルとともに戦った親友なら、きっと兄弟よりも強い絆《きずな》で結ばれていることだろう。息子が二人になったと思えば、こんなに喜ばしいことはない。

しかし、カイルの次の言葉に、ジョンとスーザンはとまどいを隠せなかった。

「一つだけ言っておきたいことがあるんだ。リチャードは、僕を助けるために敵の爆撃を受けて、一命はとりとめたけど、全身が麻痺状態になってしまったんだ。右手が少し動かせるだけだから、誰かが助けてあげないといけないんだ」

「…………」

押し黙った両親の様子を察して、さらにカイルは言った。

「僕は彼を連れて帰りたいんだ。だって、リチャードは僕を助けるために負傷したんだから！」

ようやく頭を整理したスーザンは、懇願するように言った。

「カイル、あなたのその優しさは、あなたの宝物よ。でも、あなたにも人生があるんだから、そのお友だちのお世話に一生縛られるなんて無理なことだわ。あなたは、自分の人生をすべて犠牲にして、今後の人生を生きるつもりなの？」

代わって電話口に出た父親のジョンも続けて言った。

「お前は、自分のせいで友だちが負傷したことに負い目を感じているんだ。でも、その友だちがそんなことになった原因は、お前じゃない。国の責任なんだ。その友だちの面倒は、国が見るべきなんだ」

それに対するカイルの返事はなかった。ジョンは言った。

「そのお友だちには、しばらくここで一緒に住んでもらおう。その間に、国に働きかけて、彼の今後を相談しよう」

しばらく無言だったカイルが、小さな声で一言だけ言った。

「父さんと母さんは、リチャードのことが邪魔なの？」

きれいごとを言ってもしょうがない。ジョンは、はっきりとカイルに伝えた。

「せっかくお前が無事に戻って来たんだ。今は、自分たちの家族が幸せになることを優先したいんだ。カイル、わかってくれ」

その直後、電話は切られ、ふたたび部屋には静寂が戻った。

数日後、ふたたび軍病院から電話がかかってきた。そして、今度の電話は、夫妻をさらに驚かせた。しかも、前回とは違い、絶望に満ちた驚きである。

「カイルが自殺未遂⁉　なぜ？」

両親の悲痛な叫びが家中に響く。

大量の睡眠薬を服用したカイルは、かろうじて命をとりとめたものの、意識不明の危険な状態だということだった。

ジョンとスーザンは、急いで軍病院へと向かった。

――なぜ、自殺なんか。友だちについて、親である私たちが言ったことに失望したのだろうか。カイルが、友だちの人生にそこまで責任を負わなくてはいけない理由は何なのだろう？

治療室へ案内され、意識不明のままベッドに横たわっているカイルを見る。医師がカイルが書いた手紙を見せてくれた。そこには、震えるような筆跡で、こう書かれていた。

「父さん、母さんへ　リチャードという友人はいません。あれは、今の僕です。僕は戦争で、右手以外、自分では動かせない体になってしまった。こんな僕がいたら、二人のこれからの人生に迷惑がかかると思う。でも、生きていたかった。だから、電話で二人の本心を聞いてみたかったんだ。僕のことを思ってくれてありがとう。でも、二人にこれ以上迷惑をかけるわけにはいかない。さようなら。　　カイル」

手紙を読み、ベッドの横で泣き崩れた両親は、震える手でカイルの右手を握りしめて、振り絞るようにうめいた。

「命さえあれば……。命さえ！」

あとは声にならなかった。

カイルの命さえあれば、これからの人生で私たち夫婦の犯した過ちを償うことができるかもしれない。カイルの絶望を癒やすことができるかもしれない。

それは、ジョンとスーザンの祈りにも似た言葉だった。

目を閉じたままのカイルの頬に、ひとすじの涙が光った。

（原案　アメリカの都市伝説　翻案　おかのきんや・桃戸ハル）

［スケッチ］魔神の願い

魔神は、自分をランプから解放してくれた、その男の子に感謝していた。

久しぶりに地上に現れた魔神には、友人がいなかったため、男の子のために精一杯尽くそうと考えた。

だから、男の子の願いを、「一つ」だけではなく、いくつでもかなえ続けた。そうすることで、男の子に気に入ってもらい、友人になりたいと考えたのだ。

魔神の力で多くのものを手に入れた男の子が、あるとき言った。

「いろいろな願いをかなえてもらったけど、まだ手に入れていないものがあるんだ。その願いをかなえてもらえる？」

「私に、かなえられない願い、手に入れられないものはございません。さぁ、願いを言ってごらんなさい」

男の子は、少し恥ずかしそうな顔をしたが、はっきりとした口調で言った。

「僕、『親友』がほしいんだ。やさしくて信頼できる『親友』をだして！」

魔神は、少し考え込むと、自らの姿を煙で包んだ。

数分後、その煙が晴れると、そこには魔神の姿があった。きょとんとした表情の男の子が言った。

「ねぇ、早く！　早く親友を出して！」

ふたたび魔神の姿が煙に包まれた。

数分後、煙が晴れたときには、男の子の前からは、魔神もランプも消えていた。

交通事故

あのときのことを教訓にし、今、慎重にハンドルをにぎっている。

その日、トムは、仕事の付き合いで、ほんの一杯だけワインを飲んで、車を運転していた。自分では酒のせいとは思っていないが、出会い頭に別の乗用車と衝突事故を起こしてしまった。

幸い怪我人はいなかったが、その後の警察の取り調べで飲酒運転が発覚してしまった。そのことで、トムは長い間、免許を停止され、車の運転ができなかった。また、違法行為による事故であったため、相手の車を修理するための保険もきかず、大金を失うはめになってしまった。まったく、酒を飲むとろくなことはない。

あの日以来、トムは、よほどのことがない限り、酒を飲むのをやめていた。

しかし、どれほど気をつけて運転をしていても、時には、避けられない事故というものがある。トムの運転する車は、正面衝突する事故を起こされてしまった。「起こされてしまった」というのは、非は相手にあるように思うからだ。

　車がめったに通らない山道。大きく曲がったカーブで相手の車が大きくセンターラインをはみだしてきたのだ。トムは避けることができず、二台の車は正面から衝突した。どちらの車も大きく壊れはしたが、奇跡的に、どちらの運転手も無事だった。車がめったに通らない道だから、怪我をして動けなくなっていたら、通報も遅くなっていたかもしれない。

　それにしても、なんて下手な運転だ。運転しているのはどんな奴だ？　白い煙をあげるボンネット。その向こうでドアが開いた。相手の車から出てきたのは、うら若き美女であった。その女性は、自分の車が壊れたことを気にする様子もなく、大急ぎでトムの車に近づいてきた。そして怪我はなかったが、身動きがとれなくなっていたトムを助け出し、美しく柔らかい声で言った。

「大丈夫ですか？　お怪我はありませんか？」

　トムは、相手の女性の美しさに驚き、また、自分のことより相手のことを心配するその姿勢にも驚いた。こんなとき、多くの女性は、いや男性も、自分の過失を棚に上げて、「どこ見て運転してんだ！」と、怒鳴ってきてもおかしくはない。にもかかわらず、この人はどうだ。やはり、美しい女性というのは、心の中も美しいものなのだ。トムの心の中からは、運転が下手な相手への怒りは消えていた。そして、精一杯の気取った声で言った。

「ありがとうございます。あなたこそ、お怪我はなさいませんでしたか？」

「ええ、私も無事です。こんなに大きな事故だというのに、お互いに怪我ひとつないなんて、奇跡としか言えませんね」

やさしくほほえんだ顔は、ますます美しい。そして二人は、お互いに名のりあった。女性はエリザベスという名前であったが、「リズと呼んで下さい」と付け加えた。

「私は……トム。お互い、とんだ災難でしたね」

「お互いだなんて、申し訳ないわ。私の不注意のせいかもしれないのに」

「いや、それこそお互い様ですよ。私にもきっと落ち度があったから、こうなったんでしょうから」

エリザベスの謙虚な態度に、トムは好感をいだいた。

「あの、友人に電話をしてもいいですか？　実は友人のお家《うち》に遊びに行くところだったのですが、今日は、とても行けそうにないわ。電話しておかないと……」

エリザベスは、トムから少し離れたところで携帯を取り出し、電話をかけた。声は聞こえないが、その様子からは落ち着きが感じられた。こんなときにあわてずにいられるなんて、何と素敵なことだろう。

　そして、エリザベスの横顔に見とれていると、ふと目が合った。ちょっぴり困ったように、申し訳なさそうに微笑を浮かべる表情は、ますます美しい。

　エリザベス同様、トムも、今回の事故では落ち着いた大人の対応をしている。トムがエリザベスを「素敵な女性」と感じたように、エリザベスも自分のことを「素敵な紳士」と見ているだろう。見た目には落ち着いていても、もしかすると心のなかは興奮状態かもしれない。興奮状態にある男女は恋に落ちやすいと聞いたことがある。たしか、「吊《つ》り橋《ばし》効果」と言ったはずだ。

　これはちょっぴり意地の悪い神様が演出してくれた、運命の出会いなのでは……。内心、トムの胸は高ぶった。

「それにしても、あなたの美しい顔に、傷がつかなくて、本当によかった」

　エリザベスの目を見つめながら、トムは言った。

「そんな、美しいだなんて……」

　照れてほほえむ姿は、まるで天使のようだ。間違いない。エリザベスは、自分に惚《ほ》れている。自分自身がエリザベスにひかれているように……。

「でも、こんなことになって、まだ心臓がどきどきしていますわ」

「無理もない。私も少し、興奮気味なようです」

「そうだ、いいものがあるわ」

そう言うとエリザベスは、自分の車の助手席に置いてあった紙袋の中からワインのボトルを取り出した。

「ああよかった、割れてなかった。友人の家に持って行くつもりでしたの」

大事そうに、ワインボトルを抱きしめると、エリザベスはトムに向かって言った。

「気を落ち着ける……というより、私たちの出会いを祝して乾杯しませんこと？」

あたりは夕闇に包まれつつあった。もしまだ陽が照らす時間だったならば、彼女の顔が真っ赤に染まっていることがわかったに違いない。

「グラスがないので、ボトルから直接飲むことになりますけど、いいかしら？」

エリザベスの提案を、トムは快く受け入れた。

「ここは高級レストランではありません。片田舎の山道です。そのほうがこの場にふさわしいかもしれません」

エリザベスからボトルを受け取ると、トムは一気にボトルを半分ほど飲みほした。濃い赤紫色をした液体がのどを通り抜けると、トムの心臓はほんの少し高ぶった。さすがに、これから先の愛の言葉を照れずに言うためには、ワインの力も必要である。

しかし、顔がほてって感じられるのは、ワインだけが理由ではない。エリザベスという女性を目の前にしているからだ。トムは、ボトルをエリザベスのほうに向けた。

「さあリズ、君も……」

トムが渡したボトルを受け取ると、エリザベスはボトルをさかさまにし、中身を路上にすっかり捨ててしまった。何か気に障ったのだろうか？　それとも、間接キスに抵抗があるのかもしれない……。不安げなトムをよそに、エリザベスは時計をちらりと見ると、ニッコリほほえんで言った。

「私は、警察の事情聴取が終わってから、家に帰ってゆっくりといただきますわ」

ちょうどそのとき、遠くからパトカーのサイレン音が聞こえてきた。警察官は二人に、事故のいきさつを尋ねることだろう。そして私は事情を説明することになるのだ。口からアルコールのにおいをプンプンとさせながら……。

事故を起こした二台の車。一人のドライバーはまったくのしらふ、もう一人は酒くさい息を吐いている……。これがどんな意味をもつのか、過去に事故を起こしたことのあるトムに分からないはずがなかった。

（原案　欧米の小咄　翻案　小林良介・桃戸ハル）

［スケッチ］採用

大手の自動車メーカーに、ある発明家が、自身が開発した新しい自動車を売り込みにやってきた。

その自動車は、スピード、燃費、ブレーキなど、あらゆる性能において、これまでの自動車とは一線を画すものだった。

しかし、その自動車メーカーは、その新しい自動車を採用しなかった。なぜなら、その自動車は、運転するのが難しかったからだ。

なんとか採用してもらおうと、発明家は、自らがその自動車を運転し、テストコースを見事に走りきった。

そのコースは、非常に難易度の高いコースで、発明家の走りを見た自動車メーカーの担当者は、歓声をあげた。

「こんな難しいコースを、こんなにもスムーズに走れるなんて……」

そしてすぐに採用を決めた。

発明家は、大手自動車メーカーの社員として迎え入れられ、社長室に勤務することになった。

今、彼は「社長づきの運転手」として採用され、運転が難しい、社長が乗るリムジンを軽々と乗りこなしている。

愛の言葉

大正生まれの老人がひとり、静かに息を引き取った。齢百《よわい》を超える老人は、若かりしころ戦争で満州へ出征し、終戦後、シベリアに抑留された経験をもつ、「戦争の生き証人」だった。

「オヤジ、よく言ってたな。『シベリアの冬は、寒さなんかじゃなくて痛さだった』って。『固いパンに、何の肉かわからない粗末な食事を仲間たちと少しずつ分けて、ゆっくりゆっくり時間をかけて嚙み続けた』って」

老人の息子が言うと、その息子——老人の孫も、喪服に合わせたような神妙な面持ちでうなずいた。

「『木の皮を食べたこともある』って言ってたよ。衛生状態も最悪だから、伝染病で、同じように捕虜にされた日本人が何十人も死んでいったって」

「ひいじいちゃんの友だちも、死んじゃったんだよね？」

老人のひ孫である少年がそう言うと、老人の息子と孫は、「そうだな」と複雑な表情を見せた。

シベリアに捕らわれた青年時代の老人は、かならず生きて日本に帰るのだと心に誓い、劣悪な環境を耐えていた。しかし、仲間たちは次々と、伝染病や寒さや飢えで死んでいった。

「気づいたときには、『おい』と呼びかけても、誰も答えてくれなくなっていた。仲間たちは誰ひとり、日本に帰れなかったんだ」

胸が痛んだような表情で、かつて老人が語っていたのを、家族はつい先日のことのように思い出していた。

「現地で亡くなった人たちは気の毒だけど……それでもオヤジは、捕虜という立場から生きて解放されて、帰国後に結婚もして、百歳を超えるまで生きられたんだから、幸せだったんじゃないか。大往生だと思うよ」

「まぁ、そのおかげで俺たちもいるわけだしな」

老人の息子の言葉に、孫がそう言って苦笑した。

いつもかくしゃくとしていた老人だったが、九十歳を超えたあたりから記憶に混乱をきたすようになった。老人の独り言が増えたのも、そのころからだ。

老人は日々、おかしなことを口走るようになった。家族の名前を呼び間違うことが増え、間違うたびに、その名前は変わっている。家族たちの知らない思い出話をブツブツと語ることもあった。

しかし、家族がもっとも困惑したのは、老人が語る「愛の言葉」だった。

ある日、床から出ない老人に食事を持っていった息子の妻は、老人が臥《ふ》せったまま、じっと天井を見つめ、「愛しい、おみよさん……」と繰り返しているのを聞いてヒヤリとした。

「おみよさんって、誰かしら……。お義母さんの名前とは違うけれど」

聞いてはいけないものを聞いてしまったというような表情で妻が報告に来たとき、老人の息子は、じつはたいして驚かなかった。

「オヤジの初恋相手か、過去にフラれた女性か、そんなところだろう。男は過去の恋愛を忘れられない生き物だからね」

しかし、老人が口にする名は、「おみよさん」だけではなかった。聞くたびに、相手の名前が「キヨ子さん」だったり「おかめちゃん」だったりと違っていた。老人の口から出てくる女性の名は、両手でも数えきれないほどだった。

いったい何人の女性を想っていたのかと驚いたが、さらに驚かされたのは、老人の口調である。女性の名を呼ぶときの老人の口調は——まるで、ロミオがジュリエットに語りかけているかのような——よく言えば愛情のこもった、悪く言えば大仰に飾りたてたものだった。

そして、亡くなる直前、老人は、「おみよ、史郎……幸せになってくれ……」と涙ながらにつぶやいて、眠りについたのだった。

「『史郎』って、まさか隠し子じゃないだろうな。せめて最期くらい、おふくろの名前を呼んでほしかったよ」

「じいさんにも、家族には打ち明けられない、いろいろな思い出があったってことだろ」

複雑な気持ちで言葉を交わした息子と孫は、ちらりと時計を目にすると、黒いネクタイを締め直して立ち上がった。そろそろ、通夜の時間だった。

老人の通夜には多くの参列者が列をなし、途切れることはなかった。これほどまで多くの人々の記憶に残り、惜しまれながら旅立った老人は、やはり幸せな人生を謳歌《おうか》したのだと、家族は思った。従軍し、捕虜となるという過酷な若き日々の記憶を、何十年とかけて塗りかえたに違いない。妻ではない女性の名を呼んだり、息子や孫の名を忘れてしまったことくらい、大目に見てやってもいいだろう。

そんなことを考えながら、家族が通夜の片づけをしていたところへ、一人の男が近づいてきた。喪主であった老人の息子より、いくらか年長の、メガネをかけた白髪の男だった。

「すみません。故人様のご家族に、お話ししたいことがありまして……」

「えっと、どちら様で？」

「わたしは、墨田《すみだ》と申します。墨田毅《たけし》の息子です」

「墨田毅さんの、息子さん？」

「そうです。墨田毅と墨田みよの息子の墨田史郎といいます」

「墨田みよ？　まさか、『おみよさん』ですか!?」

老人の息子は声を上げた。それは、老人が最期のときまでつぶやいていた女性の名前である。

「それじゃあ、あなたは、じいさんの昔の恋人の息子だっていうのか？」

老人の孫は声をひそめて、墨田と名乗った男に尋ねた。

しかし墨田は、「恋人？」と、メガネの奥の瞳を大きく見開き、驚いた様子を見せた。

「いえ、恋人などでは……。なるほど、そのご様子だと、あの方は真実を告げずに亡くなられたのですね」

「真実？」と、今度は老人の家族が目を見開く番だった。それに応じて、墨田が言う。

「故人様と関係があったのは、母ではなく、父のほうです。わたしの父は、故人様と同じく、出征した先で捕らえられ、シベリアに抑留されていたんですよ。そして、多くの仲間と同様、収容所で命を落としました」

「え？　亡くなった？」

「はい。ご尊父様は、父と同じ収容所の部屋の、唯一の生き残りだそうです」

先ほど以上に目を見開き、息をのむ息子や孫たちに、墨田はゆっくりと語り始めた。


収容所の過酷な状況下、全員が生きて日本に帰れる可能性は限りなく低いということを、父たちは理解していました。だから父たちは「約束」を交わしたのです。このなかの誰か一人でも生き延びて帰国することができたら、帰れなかったほかの者たちの家族に遺言を届けよう、と。

しかし、そもそも、手紙を書くための筆記用具を手に入れることができない。それに、手紙を書いたとしても、それが見つかれば没収される。そんなものを書いていたことが敵兵に知られたら、どんな罰を受けるかもわからない。

そう考えた父たちは、別の方法で仲間のメッセージを残すことを考えました。

すべて、頭の中に記憶しようとしたのです。

みんなが、自分以外の仲間が家族に伝えたい言葉を全員分暗記し、同時に、自分が家族に伝えたい言葉を、仲間たち全員に覚えてもらいました。そうすれば、誰か一人でも生き残りさえすれば、その者が残りの仲間全員の遺族に、故人の言葉を届けることができますから。


墨田の話に、老人の家族たちはじっと耳をかたむけていた。老人が、何人もの女性の名前を呼んでいた理由や、家族たちには覚えのない昔話をつぶやいていた謎が解けたのだ。

きっと老人は、この真相を墓場まで持っていこうとしていたに違いない。しかし、その記憶が、認知症になったことをキッカケに噴き出したのだろう。

「わたしの父、墨田毅は、捕虜になっている間に負ったケガが原因で命を落としたそうです。ですが、生還したご尊父様がわたしの母を訪ねてくださり、父の言葉を届けてくれたのです。父が出征する前、まだ二歳だったわたしには、父の記憶がありません。それでも、わたしが父の存在を確信でき、愛することができたのは、あなたのお父様のおかげなのです。お父様はそうやって、多くの遺《のこ》された家族に『愛の言葉』を届けて回られたのです」

そう言って墨田は、亡き老人の家族一人ひとりの手を取って頭を下げた。

「オヤジは、自分の死期を悟って、昔の仲間たちを思い出していたのかもしれないな」

祭壇に飾られた老人の遺影に、遺された者たちは頭を下げた。命懸けで約束を果たして天寿をまっとうした老人の雄姿を、いつまでも語り継いでいこうという決意とともに。

（作　おかのきんや・桃戸ハル・橘つばさ）

［スケッチ］長寿の秘訣《ひけつ》

その町で、百歳を超える長寿者がでたのは、はじめてのことであった。新聞記者が、それを記念した記事を作るため、老人の元へ取材に赴いた。

「あなたがこれほど長生きできた秘訣は何ですか？　これまでに病気などで、命の危機に直面したことはなかったのですか？」

老人は、遠い過去の記憶を掘り起こしながら答えた。

「大きな病気は、生まれてから一度もしたことがないのぉ。ただ、命の危機と言えば、一度あったなぁ……もう八十年も前のことになるが、この町で、連続殺人事件が起きたのは知っているか？」

その事件は、この町の最も忌まわしい歴史で、十人以上の尊い命が犠牲となり、また、命は奪われなかったが重傷を負った、という者もいた。

「もちろんです。結局、犯人は捕まらなかったんでしたよね。まさか、おじいさんは、あの事件で重傷を負った……」

老人は、さえぎるように言った。

「逆じゃよ。一度、容疑者リストに名前が挙げられたみたいで、警察に調べられたことがあったんじゃが、なんとかごまかしたんじゃ。

ワシが犯人だったのにな。

あそこで逮捕されていたら、間違いなく死刑だったじゃろうな。ポンコツな警察で命拾いしたわ。イヒヒヒヒ」

ウロボロス

深い深い夜の闇を、慶子《けいこ》は鋭くにらみすえた。

慶子には、どうしても許せない人間がいた。そいつは、自分の人生をメチャクチャにしておきながら、今もどこかで、のうのうと生きている。そう考えただけで、慶子のはらわたは煮えくり返りそうになった。警察に相談しても、何もしてくれなかった。しかし、自分に力がないことも、慶子は理解している。

ならばと、慶子は見えない力を借りて相手に報復することを決意した。神様が自分の味方になってくれないなら、その反対の禍々《まがまが》しい存在に魂を売ればいい。それだけ慶子は、相手を憎んでいた。

噂に聞いた呪術師に相談をしたところ、包帯でグルグル巻きにされた人間のような、「呪いの人形」を手渡された。なんでも、報復したい人物との忌まわしい記憶が残る場所で、この人形を天地逆さまにし、釘《くぎ》を打ちつけるだけで、その相手は地獄へ落ちるらしい。

「呪いの儀式」を行うときには、「白装束を着るように」とも、呪術師の老婆に言われた。全身を白一色にすることで怨念の純度が上がり、呪いの効果がいっそう高まるらしい。慶子は言われたとおりに準備を進め、あの男との忌まわしい記憶が残る山中の木に、この人形を打ちつけることにした。

しかし、夜とはいえ、さすがに家から白装束で行くわけにはいかない。それでは、明らかに不審者だ。山に入ってしまえば、人目につかず着替えることはできるだろう。そう考えた慶子はバッグに白装束と人形を詰め、ラフな格好で出かけた。

山に着いた慶子は、やぶをかき分けて奥へと進んだ。「呪いの儀式」を行う前に、まずは服を着替える必要がある。

しばらく歩き進んだ慶子は、岩肌がくぼんでいる場所を見つけた。ここならばとバッグを地面に置き、着ている衣服を脱ぐと、白装束に着替えた。あとは、小さなミイラのような人形を、どこに打ちつけるかだ。

「この山だったら、どこでもいいと思うけど、見つかりづらい場所のほうがいいかな……」

慶子は、落ち葉で足場の悪い山の斜面を、動きにくい白装束で懸命に登った。慶子をそこまで突き動かすものは、あの日、自分に乱暴をはたらいた男への復讐心《ふくしゅう》にほかならなかった。

当時、慶子が勤めていたペットショップへ、ひとりの男が頻繁に通ってくるようになった。ケージの中にいる子犬や子猫ではなく、自分のことが目当てなのだと、慶子はすぐに見抜いた。男って単純。そう思ったが、悪い気はしなかった。その男が、なかなかの好青年だったからだ。

男と意気投合した慶子は、ある日、男のクルマでドライブデートに出かけた。

「僕のお気に入りの場所なんだ」と言うので、どこへ連れていってくれるんだろうと楽しみにしていたのに、着いた場所は深い山の中。そこにはもう一人、やたらとガタイのいい男がいて――ただし、こちらは顔がよく見えなかった――その二人から、慶子は暴行を受けたのだ。

そう。今いるこの山こそが、あのとき男に拉致《らち》された山なのである。

――許さない、許さない許さない、許さない！　絶対に許さない、あの男!!

着替えをした場所から少し登ったところにあった大木の幹に、慶子は、呪術師から授かった「呪いの人形」を、頭が下になるよう逆さまに持って、力任せに打ちつけた。まず胴体に釘を一本、それから手足にも一本ずつ、間違っても木から落ちてしまわないよう念入りに、恨みつらみの釘を突き刺していった。

　自分に名乗っていたのはどうせ偽名だろうが、あの男の顔だけは忘れない。背が高く、すっきりとした面差しの優男で、大きな泣きぼくろが印象的だった。その顔を、慶子は、人形に釘を打つ間ずっと頭の中に浮かべ続けた。これで呪いが、あの男を奈落の底へと引きずりこむはずだ。

　興奮から肩で息をしていた慶子は、それがいくぶん落ち着くのを待って、山の斜面を下り始めた。儀式は終えた。早く帰って、熱いシャワーを浴びたい。そんなことを考えながら、バッグを置いた場所へと戻った慶子は、「え？」と声をもらした。

「えっ、ない？　なんで？　あたしのバッグ！」

　ここに置いていたはずのボストンバッグが、着替えとともに岩肌のくぼみから忽然《こつぜん》と消えていたのである。

　マズい……と、慶子は唇を噛んだ。ここまで着てきたトレーナーとジーンズは、あのバッグの中だ。あれがないと、この白装束のまま帰らなければならないということになる。

　やがて、それ以上に深刻な問題に気づいて、慶子は悲鳴を上げた。

「ウソ、財布もあの中じゃん！」

財布だけではない。携帯電話も交通系のICカードも、すべてバッグの中に入れてあった。バッグがなければ、帰ることもできない。

——まさか、歩いて帰れっていうの？　このカッコで？　どう考えても、怪しすぎる！

そうは思ったが、「帰らない」という選択肢はない。とりあえず、道に出よう。もしかしたらクルマが通りかかるかもしれない。そうすれば、適当な理由をでっち上げて、途中まで乗せてもらおう。そう決めて山を下り始めたら、いろいろなことが心配になってきた。

盗まれたバッグに入れていた財布の中には、お金だけではなく身分証明書もクレジットカードも入っている。それらを悪用されたらどうしようと思うが、カード会社に連絡しようにも、携帯電話も一緒に持っていかれてしまっている。そうだ、携帯電話を悪用される可能性だって——

「マズい、マズいよ！」

慶子は山を必死に駆け下り、ようやく山間の道路に出た。白装束は汚れ、長い黒髪もボサボサに乱れているが、そんなことを気にしている場合ではない。

慶子は町へ向かって、足早に道路を歩き始めた。時間も時間なので通りかかるクルマはないかもしれないと思っていたが、天は見放さなかった。右側から、カーブを曲がってきた白いライトが慶子を照らした。逆光なのでよく見えないが、下り方面の車線を一台のクルマがこちらに向かって走ってくるのは間違いない。

「お願い、止まって！　あたしを町まで乗せて!!」

髪を振り乱し、両手をクルマのライトに向かって差し出しながら、慶子は叫んだ。その声が聞こえたのかどうかというタイミングで、クルマがタイヤをけたたましくきしませて、進路を変更した。

*

里美《さとみ》は高鳴る胸を押さえながら、クルマの助手席に乗りこんだ。運転席に座っているのは、一ヵ月ほど前に知り合った男である。里美の胸の中では、先ほどから、浮かれた気持ちと緊張感が競り合っていた。それは、とてもなつかしい感覚だった。男性とのドライブデートなんて、何年ぶりだろう。

きっかけは、里美がウェイトレスとして勤めるレストランに、男が客としてやってきたことだった。男のテーブルに料理を運んだのが里美で、そのときに声をかけられ、連絡先を渡された。最初は取り合わなかった里美だが、男はそれから頻繁に店にやってきて、話しかけてくるようになった。その熱意に根負けする形で、今日、初デートに出かけることになったのだ。

男は的場《まとば》という名前で、年齢《とし》は里美よりいくつか上の三十歳だった。なかなかすっきりした面差しに大きな泣きぼくろが印象的な男で、クルマの趣味も悪くない。こんな男性がどうして自分を？　と思った里美だったが、同時に、こんな男性が恋人だったら毎日が潤うのかもしれない、とも思い始めていた。

「今日は、どこに行くの？」

「僕のお気に入りの場所。山の高台にある、夜景スポットだよ。里美ちゃんにも気に入ってもらえるといいんだけど」

「里美ちゃん」という呼び方に、鼓動が速くなる。この人が見せてくれる景色なら、どんな景色だって一瞬のうちにお気に入りになってしまうような気がした。

的場は一時間ほど、夕暮れが夜の闇に変わるまでクルマを走らせた。その間、楽しいおしゃべりが尽きることもない。

的場は話術もさることながら、聞き上手でもあり、男性と二人きりという久しぶりの状況に緊張していた里美も、驚くほど気楽に会話することができた。

そんな的場が、山道の途中でクルマを停めた。的場にうながされるがままに里美が助手席を降りると、闇のなか、草木に隠れるようにして、さらに山の上に向かう細い階段が続いている。

「ここを登った先に、絶景スポットがあるんだ。誰にも知られていない場所だから、きっと、二人きりで過ごせるよ」

爽やかに微笑んだ的場が、里美に向かって手を差し出す。その手をおずおずと握り、里美は的場のあとに続いて山中の階段を昇り始めた。

夜景を眺めながら、的場は自分に、どんな言葉をかけてくれるのだろう。そして、自分はそれに、どう答えるのか——ふたたび、にわかにさざめいてきた胸を、里美はギュッと押さえた。

「そういえば、知ってる？　里美ちゃん」

「えっ？」

唐突に声をかけられて、里美はハッと顔を上げた。少し上のほうに、こちらを振り返って微笑む的場の顔がある。爽やかな顔に、今は、夜の影が暗く落ちていた。

「この山には、噂があるんだ。女の幽霊が出る、っていうね」

「ゆっ、幽霊？」

里美は思わず、的場の腕にしがみついていた。そういう話は苦手だ。しかし、しがみついたのは、幽霊話を怖《おそ》れてではない。

「ごめん、怖がらせちゃったね。大丈夫だよ。僕がついてるから」

里美の手をギュッと優しく握り返して、的場が笑う。それからほどなくして、的場は立ち止まった。

「さあ、着いた」

「え？」

里美が声をもらしたのは、絶景を前にしたからではなかった。絶景どころか、的場が立ち止まったその場所は、まだ依然として深い山の中だ。ひとつだけ、物置なのかなんなのか小さな山小屋があるだけで、まさかこれが目的の景色だとは思えない。しかし、疑問に思う里美の手を優しく引いて、的場は「こっちだよ」と小屋のほうへ向かった。

小屋のきしむ扉を開けて、中に入る。もしかして中にサプライズが待っているのだろうかと考えた里美だったが、その考えは即座に、足もとの落ち葉に埋もれるように消えた。

ほんのりと明かりの灯った小屋の中には、的場よりガタイのいい男が一人、壁のように立っていた。

「おせぇよ。寝ちまうところだったぜ」

「悪《わり》ぃ悪ぃ。けど、こういうことは、急ぎすぎてボロが出るといけないからさ」

目つきの悪い大男は的場と顔見知りのようで、気安く言葉を交わしている。しかし里美には、交わされているその言葉の意味がわからない。

「あの、的場さん、これは——」

尋ねようとした里美の腕を、的場がグイッと力任せに引く。バランスを崩した先には大男がいて、里美はあっけなく捕まえられた。

「へぇ、今度は『的場』って名乗ってるんだ。たしかに、鈴木なんて平凡な名前じゃ、相手もときめかないか……」

「おい、名前を言うんじゃやねぇよ」

なに？　なにを言ってるのこの人たちは？

里美の疑問を振り払うように、大男が里美の体を横に突き飛ばした。持っていたバッグが落ちて、中身が散らばる。里美は小屋の床に倒れこんだ。乱暴に突き飛ばされた衝撃は、里美の手足に鈍い痛みを——そして、重い恐怖を与えた。

「ま、的場さん……これって……」

――いや、「的場」ではない。名前だけではなく、この男が語ったことすべてがウソなのだろう。里美が抱いたそんな疑心を確信へと変えるように、的場がニヤリと笑みを浮かべる。これまでの爽やかさが剝がれ落ちた、凶悪な笑みだった。

ゾッと背筋が凍りつくような悪寒に包まれ、里美は声のかぎりに悲鳴を上げた。

「叫んだってムダだぜ。こんな山の中に、人がいるワケねぇからな」

「さっさと、あきらめちまいな」

男たちの声にまじって、ビリビリビリッと衣服の破かれる音がする。

――イヤ、イヤイヤイヤイヤ、早く逃げなきゃ！

メチャクチャに手足を動かして抵抗していた里美は、右手に触れたものをとっさにつかんだ。冷たい筒状の物体。きっと、落ちたバッグの中から飛び出したのだろう。

里美はそれを、迫り来る男たちの顔面に向かって容赦なく噴射した。

「うわっ！」

「なんだッ!?」

男たちが携帯用のヘアスプレーにひるんでいるうちに、里美は全身に力をこめて跳ね起きた。小屋を飛び出し、とにかくその場を離れようと夜の山の中を駆け出す。男たちもバカではないだろうから、二手に分かれて自分のことを探すだろう。でも、この暗闇が味方になってくれるはずだ。里美は泣きながら走り続けた。木の枝に引っかかって服が破れるのにもかまわず、力のかぎりに走り続けた。

　そして、もう動けない、と倒れこみそうになったとき、前方の少し下ったところに岩肌の大きくくぼんだ場所が見えた。神様は弱い者の味方なのだ。そこに駆けこんで身を縮め、暴れる息を懸命に殺そうとする。男たちの足音や声は聞こえない。もしかしたら、獲物を追うことよりも逃げることを優先したのかもしれない。

　しばらく経っても気配が迫ってこないことを確認した里美は、殺していた息を大きく吐き出した。鼓動はまだ乱れているが、危機は去ったと考えてよさそうである。安心すると、怒りと悲しみで、さらに涙がこぼれてきた。

「どうしたらいいの……」

　自分の体を確認して、里美は顔をゆがめた。ブラウスは男たちによって破かれたのか、逃げているときに破けたのか、胸もとを隠すことは不可能な状態だ。今まで気づかなかったが、スカートも裾のスリット部分から大きく裂け、太ももがあらわになっている。こんな格好では町に戻れない。里美はあたりを見回した。山の中である。何か体を隠せるものがあるとも思えなかったが、無意識のうちに目があたりを探っていたのだ。

そして里美は、思いもよらないものを見つけた。くぼみの奥に隠すように、ひとつの白いボストンバッグが鎮座していたのだ。近づいてみると、どうやら新しいものである。どうしてこんなところに？　と思いながらゆっくり手を伸ばし、ファスナーを開けると、中には今の里美におあつらえ向きの女性ものの衣服が詰まっていた。

……どういうこと？　やっぱり、神様が手を差し伸べてくれてるの？

さすがに都合のよすぎる話だが、しかし、今の里美にとって、これは何よりも必要なものである。きっと神様も許してくれるはずだと思いながら、里美はボストンバッグの中から引っぱり出した衣服に着替えた。

トレーナーとジーンズ、どちらもサイズは少し大きいが、これで町に戻ることができる。破かれた服は、ボストンバッグに詰めた。縫い直すことはできそうにないが、これも証拠品になるかもしれない。ボタンやどこかに男たちの指紋がついていれば、犯人にたどり着くことだってできるだろう。

町に戻ったら警察に駆けこんで、絶対にあの男たちを逮捕してもらおう。強い決意とともに、里美は慎重に山を下り始めた。

＊

獲物に逃げられた「的場」たちは焦った。これまで何度も同じ手口で女たちを毒牙にかけてきたが、逃げられたのは初めてである。華奢な見た目に油断していたと言わざるを得ない。

「いたか!?」

「いや、見つからねぇ……。マズいぞ。警察にでも駆けこまれたら……」

大男の言葉を受けて、的場は爪を噛んだ。

「仕方ない、逃げるぞ。このまま捜しているうちに警察が来たら、バカを見る。証拠になるようなものを持ち帰れば、バレっこねぇ」

「そ、そうだな！」

「下にクルマを停めてあるから、早く山を下りるぞ」

コクコクと壊れたように首を縦に振る大男は、ガタイに似合わずすっかりおびえきった顔をしており、それが的場のイラ立ちを募らせた。

転がるように山を下りた二人は、ここまで里美を連れてくるのに使ったクルマに乗りこみ、猛スピードで山道を下り始めた。途中で運よくあの女に出くわせば、再度捕らえることもできるが、そううまくはいかないだろう。今は何より、逃げることが先決だ。場合によっては、助手席で震えている図体《ずうたい》ばかりデカイ男を見捨ててでも、自分は逃げきってやる。そのためにはどうするべきか、的場はイライラしながらシミュレーションを続けていた。

「お、おい……ちょっと飛ばしすぎじゃねぇか？　もうちょいスピード落とせよ」

「うるせえなっ！　早く逃げなきゃなんねぇだろ!?　顔がバレてんのは、俺なんだからな！」

フロントガラスをにらんだまま、的場が怒号を張り上げる。そのままクルマは急カーブに差しかかり――その瞬間、的場は目を見開いた。

道の先、ヘッドライトが夜の闇を丸く切り抜いたなかに、ぼんやりと白い影が浮かび上がった。女だ。あの女ではない。振り乱した黒髪の合間から垣間《かいま》見《み》えたその顔は、冷たさを感じさせるほど白く、この世のものとは思えない雰囲気をまとっていた。

ギロリと、白い女の視線がフロントガラス越しに的場を射た。ゾッとしたものを含む女の目に、全身が金縛りにあったように動かなくなる。ついで女がこちらに襲いかかるかのように両手を持ち上げるのが見え、直後に、的場の脳裏にあのウワサがフラッシュバックした。

「ゆっ、ゆゆゆゆゆ幽霊——!?」

助手席で大男が情けない悲鳴を上げるなか、的場は、女の顔にどこか見覚えがあるような気がした。そのとき、的場はふいに思い出した。的場の毒牙にかかった女性のなかには、自ら命を絶った者もいるという話を聞いたことを……。その女の亡霊なのか!?

「ひっ……!」

的場の本能が、幽霊から逃げることを選択した。ハンドルが急激に左に切られる。クルマがタイヤをけたたましくきしませて、進路を変更した。

「うわあああああッ!!」

男たちを乗せたクルマはガードレールを突き破り、慶子が叫ぶ間もなく、谷底へと落ちていった。黒い影が、男たちを奈落の底へ引きずりこむように……。


(作　桃戸ハル・橘つばさ)

［スケッチ組曲］会社の人々

決断

十二月二日の昼――

叩きつけるようにドアを閉め、沢田が社長室からでてきた。

オフィスに緊張が走る。すかさず同期の山本が近づき、小声で沢田にたずねる。

「おいおい、いったいどうしたんだよ？」

沢田は、怒りを抑えられないのか、オフィスの全員に聞かせるような、大きな声で言った。

「もし、社長が発言を撤回しないなら、俺はこの会社を辞めざるをえない！」

山本は、社長室をチラチラと見ながら、なだめるような口調で問いかけた。

「何があったんだ。社長に何て言われたんだ？」

沢田が大きく深呼吸すると、先ほどとは打って変わって、情けない表情になって、山本に泣きついた。

「社長がさぁ、お前は使いものにならないから、クビだって言うんだよ……」

山本は、憐《あわ》れむような目で沢田を見ながら思った。

——「撤回しないなら、俺はこの会社を辞めざるをえない」って、そりゃそうだろ。クビを宣告されているんだから……。

会社の歯車

十二月二日の朝——

「なぜ、私がプロジェクトから外されなくてはいけないんですか⁉」

沢田は、相手が社長であろうと、言いたいことを飲み込む男ではなかった。

「納得いきません。しかも、私の代わりに新人を入れるって……。私は、この会社の歯車なんですか！」

それまで黙って聞いていた社長が、沢田を落ち着かせようとしてか、静かな声で言った。

「沢田くん、私は、キミを、この会社の歯車だなどと思ったことは、一度もないよ」

「なら、なぜ？」

沢田は、なおも食い下がった。社長が同じ静かな声で続けた。

「沢田くん、『歯車』ってのはね。どれか一つでも抜けたら機械が動かなくなる、とっても大事なものなんだよ。今のキミは、歯車ほどの働きもしてないだろ？」

さらに追い打ちをかけるように言った。

「キミがプロジェクトを外されたくないのは、キミがいなくてもプロジエクトが回ることを、もっと言えば、キミより新人のほうが、いい仕事をすることを知られたくないからだろ？」

そして、それまでとは打って変わった、怒鳴り声に近い、厳しい調子で言った。

「私の言うことが聞けないなら、この部屋から、そして会社からも出て行きたまえ！」

二人分の仕事

十二月一日——

今日は、社長との年俸交渉の日。

「言うべきことは、はっきり言おう」

山本は、そう心に決めていた。

そして、社長に向かって、強い調子で言った。

「私の部署が、毎年、売り上げの目標を達成できるのは、はっきり言って、私が二人分の仕事をしているからです。

単刀直入に言いますが、給料を上げていただきたいです。二倍は無理でも、一・五倍くらいは、いただく権利があります！」

しかし、山本の粘り強い交渉にも、社長が首をタテに振ることはなかった。

あきらめて社長室を出ようとする山本に、社長が言った。

「山本くん、キミの働きには深く感謝してるよ。残念ながら、キミの給料は増やせないが……」

そして、口の端を意地悪くつり上げて続けた。

「キミが『二人分』と言ったのは、誰かの分を補っている、ということかな？　その者をクビにすれば、いずれキミの給料も、増えるかもしれないぞ」

山本は、社長の冷酷さにゾッとした。しかし、社長にも負けない、冷たい微笑を浮かべながら言った。

「社長、私に、同僚の沢田を裏切れと？　私は、同僚の沢田が使えない奴だなんて、口が裂けても言いませんよ」

無口なアン夫人

昼間の夫婦ゲンカのことを思うと、エグバートはゆううつになった。ささいなきっかけで妻と口論になり、腹立たしい気持ちのまま家の外に出たが、このまま帰らないというわけにはいかない。

「ただいま」

玄関の扉を開け、家に入ると、エグバートは努めて平静を装った声でそう言った。長い夫婦生活を送るなかでは、夫婦ゲンカは何度もあったし、そのたびに仲直りをしてきた。今度もまた、この状況を何とかしなくてはならない。

そのためには、自分が折れて、和解の糸口を見つけるしかないだろう。問題は、妻アンがどのようなつもりでいるかだ。仲直りをしたいのか、それともケンカを蒸し返すつもりでいるのか。

「今、帰ったよ」

リビングに入ると、妻はいつものひじかけいすに座っていた。夕方の薄明かりのなかで、その表情を読み取ることはできなかった。

暖炉の前の床には、長毛種の大型犬、ドン・ターキニオが退屈そうに寝そべっていた。敷かれている高級なじゅうたんにもひけをとらない美しい毛並みの純血種だ。また、リビングの一角には鳥かごがあり、アトリと名づけられた小鳥が自慢の歌声を披露している。ひじかけいすに座る妻、犬、小鳥、いずれも、いつもの風景である。

しかし、帰宅した夫に対して、アンは返事をしなかった。まだ怒っているのだろうか。エグバートは自分でお茶を注ぎながら言った。

「昼間に私がああ言ったのは、あくまで一般論だよ。なにも、君自身のことを言ったわけじゃないんだ」

実際のところ、エグバートは、自分が悪いと思っているわけではない。だから、いきなり謝るというのも不自然だと思った。エグバートは先ほどの口論のなかで、少し言いすぎたと思う部分についてのみ、釈明をした。

夫人はまだ口を開いてくれない。機嫌が悪いときはたいていこうだ。しばらく押し黙ったあとで、自分の言いたいことをまくし立てるのが彼女のやり方であった。

エグバートは、ドン・ターキニオの皿に牛乳をついでやりながら、妻の様子を探った。相変わらず、夫の言葉に反応するつもりはないようだ。

「お互いに、少々大人げないとは思わないかな？」

鼻にかかった老眼鏡を指で押し上げながら、エグバートは、わざとらしいまでの上機嫌を装い言った。

「私のほうにも、いけないところがあったのかもしれない。この年になっても、なかなか丸くはなれないものだな」

まだ許してはもらえないようだ。ドン・ターキニオの頭をなでながら、エグバートは譲歩を続けた。

「おそらく、昼間の件は、私が悪かったのだろう。いや、完全に私が悪かった。もし君が機嫌を直して、いつものように笑顔になってくれるのなら、これからの行いを改めるよ」

今まで、どちらが悪いとは言えない、こうした夫婦ゲンカにおいて、自分がこれほどまで下手に出たことはなかった。

自分のこの態度は、もはや感動的ですらあるとエグバート自身は思ったが、アンはそうは思っていないようだ。まだ許してもらうことはできない。

「そろそろ夕食の時間だから、部屋着に着替えてくるよ」

エグバートは、最後まで気弱な態度で扉を閉め、部屋をあとにした。パタン、という小さな音が広いリビングに響いた。

——ばかだな。

心のなかでそう思ったのは、犬のドン・ターキニオだ。それからドン・ターキニオはふさふさの毛が生えた金色の体を起こして、鳥かごの真下に移動した。今、思いついた行動ではない。以前からチャンスをうかがっていた、ある計画をついに実行に移すときがきたのだ。

ドン・ターキニオは、鳥かごめがけて小さくジャンプし、それを床に落とした。壊れたかごのすき間から口を突っこみ、なかで暴れる小鳥にかみつこうと、何度も攻撃をしかける。小鳥のアトリは助けを求めるように、ピイピイと甲高い声をあげた。

しかし、同じ部屋にいるアン夫人は、ドン・ターキニオのこの行いに対して、しかったり、やめさせようとしたりすることはなかった。

なぜなら、アン夫人は、夫が帰宅する二時間も前に、すでに死んでいたからである。


（原作　サキ「無口なアン夫人」　翻案　小林良介・蔵間サキ）

［スケッチ］最後の愛情

家庭を顧みず、母に迷惑ばかりかけ、勝手気ままに生きてきた父が、認知症を発症した。

発症後の父には、かつての雰囲気は消えていた。毎日、母のあとを追いかけ回し、子どもの私が見ても恥ずかしくなるような愛情表現で母に接する。

――しかし、もしかするとそれが、母に対する父の、本当の想いだったのかもしれない。

母は、迷惑そうな顔をしながらも、父の世話をした。その後、父が末期ガンであることがわかった。

家庭をないがしろにしてきた父であったが、最期は、母に看取《みと》られながら、この世を去った。父は、幸せな人生を送ったのかもしれない。

医者は俺に非情な宣告をした。末期ガンで、余命一年もないと言う。

俺が真っ先に考えたのは、「妻に恩返しをしてから死にたい」ということだった。

俺は、家庭のことなど気にせず、自由に生きてきた。端から見れば、妻を愛していない、と見えたかもしれない。しかし俺は、妻のことを深く愛していた。

せめて、そのことだけは、妻に伝えたいと思った。が、今、そのことを伝えても、「看病してほしくて、ウソをついている」と思われるのがオチだろう。

「認知症になると、素の自分がでる」

真偽のほどはわからないが、そう思っている人もいる、と聞いたことがある。

俺は、末期ガンであることを隠し、認知症になったフリをすることを決意した。疑われることなく、妻への愛情を伝えるために――。

ブロンドの恋人

コーヒー店のレジに立つ堺深冬《さかいみふゆ》は、コーヒー豆を袋に入れて、お客様に手渡した。

「お待たせしました。いつもありがとうございます」

コーヒー豆をカバンにしまったお客様が、店を出て行こうとしてドアを開けると、ガチャガチャンッとドアベルが鳴る。少し前から、ドアベルの音がヘンになっている。店長に言って、直してもらわなければ。

そして、出て行ったお客様と入れ違いで入ってきた人物を見て、「いらっしゃいませ」と言う前に、深冬は「あら」と声をこぼした。

「花蓮《かれん》、田辺《たなべ》くん、いらっしゃい」

やってきたのは、大学の友人である江南《えなみ》花蓮と田辺省吾《しょうご》だった。このコーヒーショップは深冬たちが通う大学から近いので、こうしてしばしば、コーヒー好きの友人たちが顔を出してくれる。友人たちが利用するのは、いつも店奥のカフェスペースだ。

挽《ひ》きたてのコーヒーを飲みながら、休講になってしまった空き時間を音楽や読書でつぶしたり、試験前には勉強したりと、落ち着いた店内は使い勝手がいい。

「俺は、いつものをお願い」

「キリマンジャロね。花蓮は？」

「んーと……今日は、カフェモカにしよっかな」

「オッケー。すぐに持ってくから、適当な席にどうぞ」

二人が奥のカフェスペースに向かうのを見送って、深冬は店長に注文を伝えた。深冬はアルバイトなので、コーヒー豆の量り売りや、カフェスペースでの接客が主な仕事だ。コーヒーミルやサイフォンを使ってコーヒーを淹《い》れられるようになれたら格好いいだろうなぁと、店長のテキパキした手さばきを見て、いつも思う。

「はーい、お待たせー」

深冬がコーヒーを持っていくと、話をしていた花蓮と省吾が、同時に顔を向けた。

今日の花蓮は、長い髪を編みこみ、リボンの形のバレッタでとめている。オシャレな花蓮は、いつも違う髪型にして、違うヘアアクセサリーを使う。ショートヘアの深冬にはできないことだ。洋服も、甘すぎない程度に女の子らしい服装が多く、パンツスタイルの多い深冬とは、やはりタイプが違う。ただ、サバサバした性格で、その点で深冬とウマが合う。

一方の省吾は、ボクトツな人間だ。大人数で行動するより、こうして少人数か、一人で行動することのほうが多い。オシャレには興味がないようで、いつも似たような服装をしている。絵に描いたような中肉中背で、女子にモテる容姿をしているわけではないが、かといってブサイクなわけでもない。ごくごく「ふつう」の大学生である。髪型にも無頓着らしく、「早く乾くから」という理由で短くしているそうだ。

「田辺くんも、もうちょっと身ぎれいにすれば、少しはモテるんじゃない？」

「べつに、モテたいなんて思ってないし、好きでもない女子から好かれても面倒なだけだろ」

「じゃあ、好きな子からモテるのは、いいんでしょ？　そもそも田辺くん、好きな子いるの？」

花蓮が尋ねたタイミングで、省吾がコーヒーカップを口に運ぶ。質問に答えるつもりはないらしい。タイプの違う三人が、こうして時間を共有できるのは、コーヒー好きという共通項があるからだろうと深冬は思っている。

「まぁ、関係ないけどね」

カフェモカのカップを、両手で包みこむように持ち上げた花蓮が、小さな声でつぶやく。

「関係ないって、何が？」

省吾が反応する。

「見た目」

省吾に対する花蓮の答えは、短く、明解だった。

「好きになったり、結婚したりするのに、見た目は関係ないよ。もっと大事なものがあるからね。少なくとも、あたしはそう思う」

「前にも言ってたな、そんなこと」

「あたしは、男の人には、性格とか、器の大きさとか、そういう中身のほうを求めたいの。束縛する男とか、陰で悪口を言う男とか、器の小さい男は、絶対にダメ。長く付き合うなら、外見よりも中身だなー」

省吾は花蓮の正面で、複雑な表情を浮かべている。その表情の理由が、口の中に残っているキリマンジャロの酸味のせいではないことは明白だ。

二人の会話を聞きながら深冬がそんなことを思ったとき、ヴー、ヴーという、虫の羽音のような音が聞こえてきた。どうやら、花蓮のカバンの中でスマホが鳴っているらしい。

カバンから取り出したスマホの画面を見るなり、花蓮の顔がぱっと明るくなった。

「ちょっとごめんね」と省吾に断ってから、花蓮が電話に出る。

「もしもし？　今？　大学の近くのコーヒーショップだけど……えっ、そうなの？　うん、わかった、ちょっと待ってて。すぐ行くから」

短い会話を終えて電話を切った花蓮が、もう一度、省吾に「ごめんね」と手を合わせた。

「ちょっと、先に出るね。忘れ物を届けにきてくれたみたいで、近くにいるっていうから」

「だれ？　親？」

省吾としては、何気ない質問だったのだろう。一方の花蓮は、「あー……」と言葉を探すような表情になった。

やがて、探しものが見つかったように、花蓮は省吾に視線を定めて、こう言った。

「じつは、あたし、付き合ってる人がいるの。付き合い始めたのは、二週間前だけど。田辺くんにも、そのうち紹介するね」

「え……」

省吾の表情がわかりやすく固まったが、残りのカフェモカを飲み干すためにカップを大きくかたむけた花蓮は、たぶん、気づいていない。空になったカップをテーブルに戻した直後に、花蓮が立ち上がる。

「それじゃあ、また。深冬も、またね」

「あ、うん」

花蓮はあわただしく会計をして、店を出ていった。女の子らしい線の細いシルエットが軽やかに駆けてゆく。それをガラス窓のむこうに見ながら、深冬は、席にひとり残された省吾の様子を、ちらりとうかがった。省吾は、コーヒーカップを凝視し、彫像のように固まっている。

その表情の理由が、キリマンジャロの苦味のせいではないことも、明白だ。

そのまま放っておくべきかとも思ったが、さすがに気の毒になって、深冬は省吾のテーブルに近づいた。

「あの……田辺くん？」

「彼氏って、誰？」

省吾の声は、抑揚を失っていた。やっぱり、本人の口から聞かされる前に教えてあげておくべきだったのだろうかと、深冬のなかで申し訳ない気持ちが少しだけ大きくなる。

「堺は、そのこと知ってたの？」

「うん……。でも、そういうのって、私がほかの人に言って回るのって、どうなんだろうって思っちゃって……。だけど、先に教えておいたほうがよかった……かな？」

ごめん……と、自分に非はないだろうなと思いながら、深冬は小さな声で省吾に謝っていた。省吾のあまりの落胆ぶりに、思わず謝ってしまったというのが、本当のところである。

省吾は、花蓮に恋をしていた。「男は外見じゃなくて中身」という花蓮の恋愛観を知っていたから、その人柄にひかれたのだろうし、自分にも可能性があると信じていたのだろう。

内面や振る舞いなら、努力で変えることもできる。花蓮に好かれる男に、自分はなれると、省吾は思っていたのかもしれない。

そんな省吾の恋心に、花蓮の親友である深冬は、ほどなく気づいた。最近の省吾の「外見への無頓着ぶり」も、むしろ、花蓮への必死のアピールであるようにさえ、深冬には見えた。

花蓮本人に対しては、あくまで淡々とした態度をとり続けた省吾だったが、花蓮のことを見つめ続けるまなざしは本気だった。花蓮は深冬にとって親友だが、省吾だって大切な友人である。応援したいと思った気持ちに偽りはない。省吾は少し不器用だが、ボクトツで謙虚な好青年である。花蓮とうまくいってほしいとも思っていた。

しかし、深冬も恋のキューピッド役に慣れているわけではなく、うまいアシストを思いつくより先に、花蓮に彼氏ができてしまったのだ。

「江南の彼氏って、どんなヤツ？　堺は知ってるの？」

「あぁ……。うん、まぁ……」

深冬は小さくうなずいた。

実際、花蓮は彼氏を、親友である深冬に真っ先に紹介してくれた。

「ここに、二人でコーヒーを飲みにきてくれたの」

「だから、どんなヤツ？　簡潔に教えて」

そう言われても、深冬も花蓮の彼氏とは一度会っただけなので、詳しく知っているわけではない。深冬が「簡潔に」言えることは限られている。

「金髪で青い目の、イギリス人……だった」

「イギリス人!?」

目をむいた省吾が、ガンッと机にひざをぶつける。テーブルの上のコーヒーが、省吾の動揺を映すかのように、カップの中で波紋を広げた。

痛みにうめき声をこぼしながらひざを押さえ、それでも省吾はふたたび深冬に目を向ける。珍しく、感情が昂《たか》ぶっているのがわかった。

「江南の彼氏、外国人なの？」

「イギリス人だから、外国人だよ。花蓮が通ってる英会話教室の先生だって」

なんだよそれ……と、省吾が小さな声でつぶやく。ひどい裏切りにあったかのような、絶望にも近い表情だ。

「『男は、顔じゃなくて中身だ』って言っておいて、自分が選んだのは外国人かよ。しかも、金髪に青い目なんて、おもいっきり外見重視じゃん！　英会話の先生ってことは、年上？　背が高くて、服も髪もオシャレで、目鼻立ちがクッキリしてて、スーツが似合う英国紳士とか？　なんだよ、それ……。結局、江南も見た目を重視してるじゃん。もしかして、『男は中身』なんて言ってたのも、『見た目で選んだんでしょ』って言われないようにするためか!?」

「ちょ……田辺くん、私、そんなこと言ってないでしょ？」

「なんだよ、それ！」

深冬の言葉にかぶせるように、省吾は、吐き捨てた。カップの横に置かれた拳は、先ほどからずっと小刻みに震えている。

「カッコつけたこと言ってるけど、結局、江南は、顔や見た目で判断してるってことだろ。偉そうに、『器の大きさ』とか言うなよ！」

「悪かったわね、偉そうで」

突然降ってきた声に、ビクッと省吾が全身を震わせる。激昂《げきこう》していても、その声だけは彼の耳に届いたのだろう。深冬から見れば、なんとも皮肉なことだ。

「江南……」

鋭く細めた目で省吾を見つめる花蓮が、そこに立っていた。

──あぁ、なんていうタイミング……。

ひやひやしながら、深冬は口もとを押さえた。

しばらく前からヘンな音になっていたドアベルを、さっき、店長が「修理しておくよ」と言って外してしまっていた。そのせいで、ドアが開いて人が入ってきたことに、深冬も省吾も気づかなかった。

そして、入ってきた花蓮は、唇をわななと震わせながら省吾を見下ろしている。

「今なら、田辺くんにも彼を紹介できるって思って連れてきたのに、そんな必要なさそうね」

ふんっと顔をそらす花蓮のうしろには、ひとりの外国人男性が立っていた。

「深冬さん、こんにちは」

「あ……どうも、こんにちは……」

流暢《りゅうちょう》な日本語で深冬に挨拶したのは、金髪に青い瞳の外国人であった。深冬が会うのは二回目の、花蓮の彼氏だ。

その彼氏を、省吾はイスに座ったまま、ぽかんと見つめた。その人物があまりにも、省吾が想像した「外国人の彼氏」像から、かけ離れていたせいだ。

たしかに、まぶしいほどの金髪に、空を閉じこめたような色の瞳をしている。ただ、身長は隣にいる深冬と同じくらい、だとすれば、中肉中背の省吾のほうが十センチは高いに違いない。しかも、体型はひかえめに言って「ぽっちゃり体型」――ストレートに言えば、「肥満体型」だ。さほど身長が高くないこともあり、ころころとした、ぬいぐるみのような印象である。

ぶ厚いレンズのメガネをかけ、ついでに服装はジーンズにパーカー。「英国紳士」という言葉の対極にあるような格好は、部屋着にさえ見える。先ほど花蓮は「忘れものを届けにきてくれた」と言っていたから、本当に部屋着のまま、あわてて家を出てきたのかもしれない。

「金髪に青い目」と聞いた省吾は、てっきり、すらっと背が高く目鼻立ちもクッキリしたイケメン外国人を想像していた。スタイルもセンスもモデルのような外国人だからこそ、花蓮は好きになったのだろうと。「中身より外見」を選んだのだろうと。

「恋人だけじゃなく、友だちも、大切なのは、中身ね」

冷たい目で省吾を見下ろし、花蓮が突き放すように言う。

「本人がいないところで陰口を言う人なんて、器が小さいに決まってるもの」

その一言に、省吾が頬を殴られたような顔になった。省吾のショックも、花蓮の怒りも、深冬には手に取るようにわかる。

「カレン、ケンカはよくないよ……」

うしろでオロオロしている彼氏の人のよさが、その一言からうかがえた。だからこそ、花蓮が彼を選んだことを、深冬は知っている。

「ごめんね、深冬。今日は、もう行くね」

「あ、うん……。じゃあまた明日、大学で」

そう言って、花蓮は深冬にだけ手を振り、外国人の彼と店を出ていってしまった。

省吾の存在は、最初からないものと思っているようだった。外国人の彼氏が、深冬と、そして省吾に向かって、ぺこりと、とってつけたような会釈をする。

二人を見送ったあと、深冬はちらりと省吾の様子を盗み見た。

　花蓮からキツイ評価をもらってしまった省吾は、イスに座ったままうなだれ、立てないでいる。その手もとで、すっきりとした味わいのキリマンジャロは、すでに冷めていることだろう。

　コーヒーカップの隣に、はぁ……という深いため息が、省吾の口から落ちた。

「人のことを先入観で判断したり、あんなこと言っちゃったり、俺、カッコ悪いな。モテないわけだよ」

　自虐的な言葉に対して、深冬は何も答えなかった。ただ、省吾が反省していることはわかる。

「田辺くん、もう一杯、飲んでいく？　よかったら、ごちそうするから」

　かすかに揺れた省吾が、うなずいたのか、震えただけなのか、どちらなのかはわからなかったが、今度は、店長に頼んで砂糖が多めのカフェオレを作ってあげようと、深冬は思った。

（作　橘つばさ・桃戸ハル）

［スケッチ］医者の倫理観

その医者は、たぐいまれな手術の腕をもっていたが、一方で、高額な手術代金を請求する「銭ゲバ」として有名であった。

医師のその倫理観に疑問をもつジャーナリストが、あるとき、意地の悪い質問を投げかけた。

「あなたの前に、二人の患者が運ばれてきたとしましょう。一人は、汚職まみれ、悪政で国民を苦しめる政治家。でも、お金は持っている。もう一人は、将来を期待され、プロ選手になることを夢見ている天才サッカー少年。でも、家庭は貧乏で手術代は払えない。あなたは、どちらの患者を先に手術しますか？」

医者は、記者を冷笑するような目つきで見た。

そして答えた。

「そんなの簡単な問題だろう。より重篤な患者、緊急性を要する患者を先に手術するに決まっているじゃないか。

　その患者が犯罪者だとか、才能や将来性があるとか、そんなことは関係ない。私たち医師は、裁判官じゃない。ただ目の前にいる患者を治すだけだ」

訴え

旦那さま、申し上げます。あの人は、ひどい奴、悪い人間です。ああ、もう我慢ならない。はい、落ち着いて申し上げます。あの人を、生かしておいてはなりません。世の中に仇《あだ》なす人間です。何もかも、全部申し上げます。私は、あの人の居所を知っています。すぐに御案内申します。だから、捕まえて、殺して下さい。

あの人は、私の師です。年齢《とし》は三十四、私と同い年です。私は、あの人よりたった二月《ふたつき》遅く生まれただけです。たいした違いなどないはずです。それなのに、私は今日まであの人に、どれほど意地悪くこき使われてきたことか。どんなに嘲笑されてきたことか。ぎりぎりまで堪えてきたのです。でも、怒る時に怒らなければ、人間としての尊厳が踏みにじられてしまいます。

私は今まであの人を、どれだけかばってきたか。そのことを誰も知らないし、あの人自身、それに気がついていない。いや、そんなことはない。あの人は知っていたはずです。知っていたからこそ、なおさら私に意地悪し、軽蔑したんです。あの人は、私からずいぶん世話を受けていたから、それが口惜《くや》しかったんだ。

あの人は、馬鹿みたいに自惚《うぬぼ》れ屋です。私から世話を受けているということを、「自分のひけめ」のように思い込んでいる。あの人は、なんでも自分でできるかのようにに、他人から見られたくてたまらないのです。馬鹿な話だ。世の中はそんなものじゃない。この世でうまくやっていくには、どうしても誰かに、ペコペコ頭を下げなければいけないのに、あの人にいったい、何ができましょう。なんにもできやしないのです。私から見れば青二才だ。私がもしいなかったら、あの人は、もう、とうの昔にのたれ死にしていたに違いない。その日の食事にも困っていて、私がやりくりしてあげないと、みんな飢え死にしてしまうというのに。

私は、あの人に話をさせ、群集からこっそりお金を巻き上げました。また、宿はもちろん、日常の衣食の世話までしてあげた。それなのに、あの人はもとより、あの人の弟子の馬鹿どもまで、私に一言のお礼も言わない。お礼を言わないどころか、私のこんな隠れた日々の苦労をも知らぬ振りして、いつでも大変な贅沢《ぜいたく》を言ってくる。私はあの人を、ある意味、「美しい人」だと思っています。私から見れば、子どものように欲がなく、私が日々の食事のために、お金をせっせと貯《た》めても、すぐにそれを無駄使いしてしまう。

　けれども私は、それを恨みに思いません。あの人は、「美しい人」なのだから。私は、もともと貧しい商人ではありますが、それでも物より心の豊かさを理解しているつもりです。だから、あの人が、私の苦労して貯めたわずかなお金を、どんなに馬鹿らしく他の人のために使っても、私は、なんとも思いません。思いませんけれども、たまには私にも、優しい言葉の一つくらいはかけてほしかった。

　私は、あの人を愛していた。ほかの弟子たちが、どんなに深くあの人を愛していたって、それとは比べものにならないほどに愛していた。でも、あの人とともに歩いたって、なんの得するところもないということを、私は知っていました。それでいながら、私はあの人から離れることができなかった。私は、静かな一生を、あの人と暮らしていきたかった。私の村には、まだ私の小さい家が残っています。ずいぶん広い畑もあります。春、今ごろは、桃の花が咲いて見事です。一生、安楽に暮らすことができるのです。私がそばにいて、御奉公申し上げれば……。

　しかし、結局、あの人は、私に打ち解けてくれなかった。本当は、私はあの人が言うこと、信じるものを何一つ信じていない。けれども、あの人の「美しさ」だけは信じている。あんな美しい人は、この世にいない。私はあの人の美しさを、純粋に愛している。それだけだ。私は、なんの見返りも求めていない。私は、ただ、あの人から離れたくない。ただ、あの人のそばにいて、あの人の声を聞き、あの人の姿を眺めていればそれでよいのだ。あの人のやっていることは、やめてもらいたい。そして、私と二人で生きていてもらいたい。ああ、そうなったら、私はどんなに幸せだろう！私は今の、この世の喜びだけを信じる。あの人は、私のこの純粋の愛情を、どうして受け取って下さらないのか。

　ああ、旦那さま、あの人を殺して下さい。私はあの人の居所を知っています。御案内申し上げます。あの人は、私を憎み嫌っております。私が、あの人をこんなにも愛しているのに。

　聞いて下さい。六日前のことです。ある村で食事をしていたとき、村娘が、あの人の頭に香油をこぼすという失態を演じたのです。私は、その娘を怒鳴ってやりました。それなのに、あの人は、私のほうを見て言ったのです。

「この女を叱ってはいけない。この女は、私に香油を塗ってくれた。大変いいことをしてくれたのだ」

　その言葉自体は、あの人がいつもやる、お芝居じみたものだったので、平気で聞き流すことができました。

ですが、その時のあの人の声に、あの人の瞳の色に、いまだかつてなかったほどの違和感を覚えて、私はとまどいました。そして、あの人のかすかに赤らんだ頰と、うすく涙に潤んでいる瞳を見て、はっと思い当たることがありました。ああ、いまわしい、口に出すことさえためらわれるようなことであります。

あの人は、こんな貧しい女に恋をした？　まさか、そんなことは絶対にないはずですが、でも、それに似た感情を抱いたのではないか？　あの人ともあろうお方が、あんな無知な女に、少しでも特別な感情を抱いたとあれば、それは、なんという失態。取りかえしのつかない大醜聞。

私は、ひとの恥辱となるような感情を嗅ぎわけるのが、生まれつき上手な人間です。ちらりと一目見ただけで、人の弱点を、見抜く鋭敏の才能を持っております。あの人が、たとえ少しでも、あの無学の女に、特別な感情を抱いたということは、やっぱり間違いありません。私の目には狂いがないはずだ。我慢ならない。許せない！

私は、あの人は、もう駄目だと思いました。あの人はこれまで、どんなに女に好かれても、いつでも美しく、水のように静かであった。いささかも取り乱すことがなかったのだ。あの人だってまだ若いのだし、それは無理もないと言えるかもしれないけれど、そんなら私だって同い年だ。しかも、あの人より二月遅く生まれている。若さに変わりはないが、それでも私は堪えている。あの人だけに心を捧げ、これまでどんな女にも心を動かしたことはない！

あの女は、たしかに美人だった。そのことは、私だって思っていたのだ。町へ出たとき、何か白絹でも、こっそり買ってきてやろうと思っていたのだ。ああ、もう、わからなくなりました。私は何を言っているのだ。私は口惜しい。残念なんです。あの人が若いなら、私だって若い。私だって才能のある、家も財産もある立派な男です。それでも私は、あの人のために、私のすべてを捨ててきたのです。だまされた！　あの人は、嘘つきだ。

旦那さま、あの人は、私の女をとった。いや、違う！　あの女が、私からあの人を奪ったのだ。ああ、それも違う！　とにかく、私がこんなに、命を捨てるほどの思いであの人を慕い、従ってきたのに、私には一つの優しい言葉もくださらず、あんな女のほうに思いを寄せる。ああ、やっぱり、あの人には見込みがない。ただの人だ。死んだって惜しくはない。そう思った私は、ふいと恐ろしいことを考えるようになりました。悪魔に魅入られたのかも知れません。そのとき以来、あの人を、いっそ私の手で殺してあげようと思うようになったのです。

あの人は、いずれ誰かに殺されるに違いない。自分を殺させるように仕向けている様子も、ちらちら見える。ならば私の手で殺してあげたい。他人の手で殺させたくはない。あの人を殺して、私も死ぬ！

旦那さま、泣いたりしてお恥ずかしゅうございます。はい、もう泣きませぬ。はい、落ち着いて申し上げます。

それからは、あの人に対して、もはや、憐憫《れんびん》以外のものは感じられなくなりました。何を見ても、愚かな茶番を見ているような気がして、「この人は一日生き延びれば、生き延びただけ、あさはかな醜態をさらすだけだ」と思うようにもなりました。花は、しぼまぬうちこそ、花である。美しい間に、摘み取らなくてはいけません。あの人を、一番愛しているのは私だ。どのように人から憎まれてもいい。「一日も早くあの人を殺してあげなければならない」と、私は、いよいよつらい決心を固めるだけでありました。

その後も、あの人は暴走しました。あの人から離れてみると、あの人の異常ぶりもわかりました。飢饉《ききん》がある、地震が起こる、星が落ちてくる、大勢の人が死ぬなど、実に、とんでもない暴言を口から出まかせに言い放つようになったのです。なんという、思慮のないことを言うのでしょう。自分が正しいと思えば何を言っても許される、という思い上がり。もはや、あの人の罪は、まぬかれません。

あの人の首に懸賞金が懸けられたことを知りました。あれだけ皆を不安にしたのだから当然です。あの人は、どうせ死ぬのだ。ほかの人の手ではなく、私が、それをなそう。私があの人に捧げた愛情の、これが最後の義務です。私のひたむきの愛の行為は、誰に理解されなくてもいいのです。私の愛は純粋の愛だ。人に理解してもらうための愛ではない。そんなさもしい愛ではないんだ。私は、人々の憎しみを買うだろう。けれども、この純粋の愛の前には、それは問題ではない。私は私の生き方を生き抜く。身震いするほどに固く決意しました。私は、機会をうかがいました。

その日、とある料理屋で、あの人と私たち弟子が食事をしようとしていたとき、あの人がおかしな行動をとりはじめました。タライに入れた水で、私たちの足を順番に洗いはじめたのです。理由はわかりません。しかし、あの人は、私たち弟子にすがりたかったのだと思います。あの人は、自分の運命を知っていたのかもしれません。その様子を見ているうちに、私は、突然、強力な嗚咽が喉につき上げてくるのを覚えました。あの人との思い出が急によみがえってきたのです。あの人は、いつでも優しかった。あの人は、いつでも正しかった。あの人は、いつでも貧しい者の味方だった。そうしてあの人は、いつでも光るばかりに美しかった。

私は、あの人を失うことが怖くなった。私は、目が覚めたのです。急に自分の考えが怖くなりました。でも、もう大丈夫です。誰があの人を捕まえに来ても、あの人のお身体に指一本ふれさせることはない。そう思いました。私がそんなことを思っている間にも、あの人は、弟子たちの足を洗っていきました。そして、とある弟子の足を洗おうとしたとき、その弟子がかたくなに、それを拒んで言いました。

「なぜ、こんなことをするのです」

あの人は、そっと微笑みながら言いました。

「お前の足を洗えば、お前の全身は清くなるのだ。皆、汚れがなく、清くなったはずだ」

そして、すっと腰を伸ばし、苦痛に耐えかねるような、とても悲しい目つきをし、すぐにその目をぎゅっと固くつぶったのです、そして、つぶったままで言葉を続けました。

「そう……皆の汚れがなくなり、清くなっていればいいのだが……」

心臓が止まりそうになりました。私のことを言っているのだ！　私があの人を売ろうとたくらんでいた、さっきまでの暗い気持ちを見抜いていたのだ。けれども、違う！　もう私は、変わっている！　私は清くなっているのだ。あの人はそれを知らない。知ってくれていない。違う！　と喉まで出かかった絶叫を、しかし、私の弱い卑屈な心が、唾を飲みこむように、飲みくだしてしまいました。言えない。何も言えない。あの人からそう言われると、私はやはり清くなっていないのかもしれない。みるみる卑屈な心が、醜く、黒くふくれあがり、私の五臓六腑《ごぞうろっぷ》をかけめぐって、逆に憤怒《ふんぬ》の炎となって噴出したのです。

もうだめだ。私はあの人に心の底から、嫌われている。あの人を売ろう。あの人を、殺そう。そうして私もともに死ぬのだ。私は、完全に復讐の鬼になりました。私はすぐに料理屋から走り出て、夕闇の道をひた走りに走り、ただいまここに参りました。そうして急ぎ、このとおり訴え申し上げました。さあ、あの人を罰して下さい。捕まえて、拷問するなり殺すなりしてください。あの人は、ひどい人間だ。

旦那さま、今夜、私とあの人が立って並ぶ光景を、よく見ておいてくださいまし。私は今夜、あの人と、ちゃんと肩を並べて立ってみせます。あの人を怖れることはないんだ。卑下することはないんだ。私はあの人と同い年だ。同じ、すぐれた若者だ。おや、そのお金は？　私に下さるのですか。私に、銀貨を？　なるほど、はははは。いや、お断りします。私が殴らぬうちに、その金をひっこめてください。金が欲しくて訴えたんじゃないんだ。早くひっこめろ！　……ごめんなさい、やっぱりいただきましょう。そうだ、私は商人なんですから。金勘定のことで、私は「美しい」あの人から、いつも軽蔑されてきました。いただきましょう。私は、あの人がいやしんだ金銭で、あの人に復讐してやります。これが私に、一番ふさわしい復讐の手段だ。ざまあみろ！　これっぽっちのお金で、あの人は売られる。私は、ちっとも泣いてやしない。私は、あの人を愛していない。はじめから、みじんも愛していなかった。そうです、旦那さま。私は、嘘ばかり申し上げました。私は、金欲しさに、あの人について歩いていたのです。あの人が、ちっとも私に儲《もう》けさせてくれないと、今夜見極めがついた。だから、素早く寝返ったんだ。金。世の中は金だけだ。銀貨をもらえる？　なんと素晴らしい。いただきましょう。私は、けちな商人です。もらえるものはもらいます。はい、有《あ》り難《がと》うございます。はい、はい。申し遅れました。私の名は、商人のユダ。へっへ。イスカリオテのユダと申します。

（原作　太宰治「駈込み訴え」　翻案　蔵間サキ）

本書は、学研から発行されている「5分後に意外な結末」シリーズの一部を、改変、再編集し、新たに書き下ろしを加えたものです。

*「スケッチ」及び「スケッチ組曲」は、すべて、桃戸ハルの編著によるものです。

|編著者| 桃戸ハル　東京都出身。あくせくと、執筆や編集にいそしむ毎日。ぢっと手を見る。生命線だけが長くてビックリ。『5秒後に意外な結末』『5分後に恋の結末』などを含む、「5分後に意外な結末」シリーズの編著や、『ざんねんな偉人伝　それでも愛すべき人々』『ざんねんな歴史人物　それでも名を残す人々』『パパラギ［児童書版］』の編集など。三度の飯より二度寝が好き。貧乏金なし。お仕事があれば是非！

5分後《ふんご》に意外《いがい》な結末《けつまつ》　ベスト・セレクション　黒《くろ》の巻《まき》

桃戸《ももと》ハル 編・著

2020年7月15日第1刷発行
2022年8月29日第14刷発行

発行者——鈴木章一
発行所——株式会社 講談社
東京都文京区音羽2-12-21　〒112-8001
電話 出版（03）5395-3510
　　 販売（03）5395-5817
　　 業務（03）5395-3615

Printed in Japan

講談社文庫
定価はカバーに表示してあります

KODANSHA

デザイン—菊地信義
本文データ制作—講談社デジタル製作
印刷———株式会社KPSプロダクツ
製本———株式会社国宝社

ISBN978-4-06-520041-4

講談社文庫刊行の辞

二十一世紀の到来を目睫に望みながら、われわれはいま、人類史上かつて例を見ない巨大な転換期をむかえようとしている。

世界も、日本も、激動の予兆に対する期待とおののきを内に蔵して、未知の時代に歩み入ろうとしている。このときにあたり、創業の人野間清治の「ナショナル・エデュケイター」への志を現代に甦らせようと意図して、われわれはここに古今の文芸作品はいうまでもなく、ひろく人文・社会・自然の諸科学から東西の名著を網羅する、新しい綜合文庫の発刊を決意した。

激動の転換期はまた断絶の時代である。われわれは戦後二十五年間の出版文化のありかたへの深い反省をこめて、この断絶の時代にあえて人間的な持続を求めようとする。いたずらに浮薄な商業主義のあだ花を追い求めることなく、長期にわたって良書に生命をあたえようとつとめるところにしか、今後の出版文化の真の繁栄はあり得ないと信じるからである。

同時にわれわれはこの綜合文庫の刊行を通じて、人文・社会・自然の諸科学が、結局人間の学にほかならないことを立証しようと願っている。かつて知識とは、「汝自身を知る」ことにつきていた。現代社会の瑣末な情報の氾濫のなかから、力強い知識の源泉を掘り起し、技術文明のただなかに、生きた人間の姿を復活させること。それこそわれわれの切なる希求である。

われわれは権威に盲従せず、俗流に媚びることなく、渾然一体となって日本の「草の根」をかたちづくる若く新しい世代の人々に、心をこめてこの新しい綜合文庫をおくり届けたい。それは知識の泉であるとともに感受性のふるさとであり、もっとも有機的に組織され、社会に開かれた万人のための大学をめざしている。大方の支援と協力を衷心より切望してやまない。

一九七一年七月　　野間省一